Empreintes

Dépôt légal : décembre 2017
ISBN : 978-2-322-10014-9
Impression : BoD-Books on Demand, Norderstedt, Allemagne

© 2017 - Benoît Houssier

© Couverture : *Estampe 3* - Élisabeth Dehlinger

Le Code de la propriété intellectuelle interdit les copies ou reproductions destinées à une utilisation collective. Toute représentation ou reproduction intégrale ou partielle faite par quelque procédé que ce soit, sans le consentement de l'Auteur ou de ses ayants cause est illicite et constitue une contrefaçon sanctionnée par les articles L335-2 et suivants du Code de la propriété intellectuelle.

À mes chers disparus tant aimés.

Benoît Houssier

Empreintes

- Nouvelles -

L'énergie de la plume

Ces nouvelles étant des fictions, toute ressemblance avec des personnes ou des situations existantes ou ayant existé ne serait que fortuite et pure coïncidence. Par ailleurs, quelques scènes pourraient heurter la sensibilité de certains lecteurs. Ces précisions apportées, espérons que la lecture de ces histoires vous sera agréable.

DECOLLAGE

Le lieu du départ avait été tenu secret aussi longtemps que possible. De toute façon, la majorité de la population ne se souciait pas de savoir ni où ni quand aurait lieu le grand départ. La plupart d'ailleurs n'étaient même pas informés de l'évènement. Mais, comme quelques recalés de dernière minute, je faisais partie de ceux qui avaient su écouter les informations filtrer. Je voulais être là pour assister au décollage. Je voulais être là pour dire au revoir à Adeia. Je ferais en sorte que ma présence ne nuise pas à son envol mais je savais qu'elle serait sensible à ma présence. Le choix de la piste n'avait évidemment pas été laissé au hasard. Les esprits les plus éclairés avaient débattu longuement avant de s'accorder pour un espace large et dégagé. Le décollage se préparait là où poussait autrefois l'antique forêt des Carnutes. Une immense foule était rassemblée, comme un essaim gigantesque, ou plutôt une sorte d'interminable galette. Près de trois millions de personnes assises en tailleur. Au même moment, dans mille autres sites, répartis de façon stratégique sur la surface de la planète, d'autres voyageurs s'apprêtaient à décoller.

Jamais je n'avais ressenti une telle émotion. Bien sûr, j'étais frustré de ne pas être parmi les sélectionnés, j'aurais tant aimé partir avec Adeia. Malheureusement, seuls pouvaient partir ceux qui étaient suffisamment familiers des techniques dont dépendait la réussite du processus. Or, je manquais encore un peu de pratique, quelques heures de vol. Et j'allais devoir continuer à supporter les bassesses de l'humanité, pendant qu'Adeia allait contribuer au rayonnement universel de l'espèce. Cette perspective m'enchantait malgré tout et surpassait ma frustration. Je savais que les explorateurs réussiraient et j'étais finalement aussi excité que si je m'apprêtais à décoller moi-même ! Et puis Adeia m'avait dit avant de partir : « Diamoni, ne sois pas triste, nous nous retrouverons bientôt puisque je ne te quitterai jamais ». Ce à quoi j'avais répondu : « Je ne te quitterai jamais puisque tu ne partiras pas vraiment ».

La population de la Terre avait dépassé depuis longtemps son seuil critique et l'humanité n'avait pas réussi à prendre les décisions qui s'imposaient. L'espèce humaine devenait de plus en plus nuisible chaque jour. N'étant pas prête à lâcher ses vieux réflexes, l'humanité persévérait dans la barbarie. La vie sur Terre devenait plus qu'insoutenable et de nombreux courants s'étaient élevés pour réagir. De par le monde, quelles que soient leurs origines, leurs cultures et leurs organisations sociales, des groupes croissant de jour en jour se réunissaient, poussés par un appel qui les dépassait. Face à l'accélération des dérèglements climatiques, à l'accroissement des inégalités et à la perversion des politiques économiques, des voies plus nombreuses au fil des années s'élevaient pour faire silence, stoppant net la course aux boulimies technologiques. Le phénomène, d'abord clairsemé à la surface du globe s'était étendu comme une source jaillissante et les groupes avaient fini par se rencontrer. Alors conscients de leur force ils avaient compris qu'ils n'avaient plus d'autre choix que de programmer l'évènement qui allait enfin se produire sous nos yeux ébahis. Nous étions quelques témoins de cet instant historique. Une partie de la population de la planète allait partir à la découverte de nouveaux horizons en espérant rencontrer de nouvelles formes d'intelligence. Pendant ce temps, l'autre moitié allait rester pour évoluer à son rythme. Comme d'autres ayant manqué de peu d'être sélectionnés, je serais chargé d'accompagner ceux qui étaient plus à la traine que moi encore. Il s'agissait d'amener la majorité de la population vers plus de conscience. Je n'allais donc pas manquer de boulot car pour le moment, le niveau de conscience de la plupart de ceux qui restaient était au ras des pâquerettes. D'ailleurs, peu savaient ce qu'avait été une pâquerette !

En attendant, l'aboutissement de cet incroyable projet était imminent et j'avais bien l'intention de ne pas en perdre une miette. Les millions de personnes rassemblées sous mes yeux étaient installées dans une position méditative qui semblait les figer pour l'éternité. Un silence d'une intense harmonie régnait et dégageait une douceur rassurante.

J'adoptais la même position pour savourer pleinement les minutes suivantes. C'est alors que je sentis le sol frissonner. Des entrailles de la Terre, monta une basse sourde et puissante. Puis, des corps immobiles, jaillit une multitude de rayons colorés, projetés vers le ciel. La base d'un arc en ciel large comme une colonne de plusieurs dizaines de kilomètres de diamètre s'élevait devant moi, accompagnée d'une voix délicatement parfumée. Cela dura quelques secondes qui me parurent une éternité. Puis plus rien. Ils étaient partis. Ils étaient partis et tous ne reviendraient sans doute pas.

Quelques médias firent allusion à des phénomènes météo inhabituels mais les programmes d'abrutissement de la population reprirent et personne ne prêta vraiment attention à ce qui venait de se passer. Des milliards d'humains venaient de partir explorer l'univers dans toutes les directions, espérant partager des connaissances avec d'autres intelligences et apprendre de nouvelles façons de vivre peut-être, pour permettre à l'humanité de mieux exister… et tout le monde s'en fichait ! J'avais beau savoir que je ne serais pas seul dans ma mission d'accompagnement de mes semblables, je me sentais bien isolé tout à coup. Ils étaient partis.

Enfin, pas vraiment. Leurs esprits était partis mais leurs corps restaient posés là, tels qu'ils les avaient laissés. Des milliards de statues assises en tailleur, vides de leur propriétaire, attendant le retour des explorateurs. J'étais vide aussi. Quand Adeia reviendrait-elle ? Est-ce qu'elle reviendrait seulement ?

Chaque semaine je venais rendre visite aux statues vides, Adeia n'étant pas la seule que je connaisse assise là. J'aimais venir près des voyageurs pour penser à eux et espérer qu'ils reviennent bientôt avec des esprits neufs. Au bout de quelques mois, alors que je désespérais de voir mes semblables évoluer malgré nos efforts à tenter d'éveiller leurs consciences, j'ai ressenti un premier avertissement. Un avertissement oui, comme si je devais me préparer à quelque chose. Et quelques jours plus tard, alors que je méditais, assis près du corps d'Adeia, j'ai reçu la première communication. Il s'agissait d'un extrait de son journal de bord ! Finalement l'ensemble de ses pensées m'est parvenu par la suite. Elle avait été assez maline pour trouver un moyen de me les transmettre, me permettant ainsi de conserver le contact avec elle.

21 juin
Voilà, nous sommes partis. Tout se passe comme nous l'avions prévu. Au décollage nous étions des milliards à prendre notre envol tous ensemble, quel bonheur ! Et quelques secondes plus tard nous sommes seuls, propulsés chacun dans une direction différente, chacun suivant une trajectoire particulière, vers un bout d'univers à explorer. Comme j'aimerais que Diamoni vive cela avec moi. Mais je sais qu'il va tant apprendre de sa mission sur Terre. Il apprécierait tant cette vitesse à laquelle je me propulse dans l'espace. La sensation est encore plus impressionnante que lorsque nous pratiquions nos exercices au sol. Sans doute le décollage collectif réunissant un tel nombre de voyageurs est-il pour quelque chose dans cette accélération.

22 juin
Nous avons convenu que dès que nous rencontrons un objet nous nous arrêtons, nous l'explorons, l'analysons et retournons sur Terre pour partager notre nouvelle connaissance. Pour le moment, rien n'arrête ma progression. J'avance.

23 juin
Rien.

24 juin
Toujours rien.

25 juin
Pas mieux.

26 juin
Et si nous nous étions trompés ?

27 juin
Mon histoire m'est revenue aujourd'hui. J'ai eu un peu de mal à me retenir de ne pas sombrer dans la nostalgie.

28 juin
Ouf ! Je l'ai échappé belle, je suis passée à un cheveu de la traîne glacée d'une comète. Elle brillait d'une lumière douce et aveuglante à la fois.

29 juin
Aujourd'hui j'ai eu comme un flash : l'humanité m'est apparue dans son entière cruauté ! Puis elle s'est retournée et j'ai reconnu son vrai visage. Un regard d'une intense sérénité baignant dans un halo de bienveillance.

30 juin
Puisque visiblement rien n'a l'air prêt à stopper ma course, je vais ralentir encore l'activité de mes pensées.

14 juillet
C'est une vraie révolution ! Je viens de rencontrer une forme que personne n'avait touchée avant moi. Il s'agit d'une matière modelable, étirable, extensible et en plus elle sent bon. Ma première sensation a été d'avoir l'impression de remettre les pieds dans mes pantoufles préférées alors que je les avais quittées depuis des années. Cette chose a la saveur d'un doux foyer. Je n'arrive pas à en définir les contours ni les dimensions mais mon intuition me laisse penser que cet objet côtoie l'infini.

J'aimerais poursuivre mon journal mais je ne sais plus quel jour nous sommes. J'ai perdu la notion du temps. Je me souviens de l'époque où nous pensions manquer d'espace pour vivre tous ensemble mais je n'arrive plus à me souvenir précisément quand c'était. Où était-ce d'ailleurs ?

Aujourd'hui m'est revenue l'image confuse de ma rencontre avec Diamoni. Je crois qu'il est temps que je retourne sur Terre. Il faut que je partage cette découverte avec lui et que nous en fassions profiter tout le monde. J'ai le sentiment qu'il y a dans ce que j'ai rencontré une vérité qui m'échappe, un je-ne-sais-quoi qui pourrait peut-être répondre à nos questions.

    J'écoutai paisiblement les pensées d'Adeia, assis près d'elle, lorsque j'ai entendu enfler un souffle. Un accord parfait qui montait de la plaine. Les millions de voix des millions de corps rassemblés là émettaient un son mélodieux et puissant. Le chœur s'est mêlé aux autres chants émis sur Terre.

    Puis j'ai senti une main se poser délicatement sur mon épaule. Adeia me souriait et a murmuré :

« Et si c'était l'amour » ?

CHASSEZ LE NATUREL

Le train roulait depuis une heure et demie déjà et égrainait son catac-catac comme le mécanisme d'une vieille machine à remonter le temps. La pluie battait les vitres et Marco s'ennuyait ferme. « Même pas moyen de rêvasser devant le paysage qui défile. On n'y voit rien. Et rarement vu un train aussi vide », remarqua-t-il. Il n'avait d'ailleurs vu personne monter ni descendre à la gare. Encore sept longues heures à poireauter avant de fouler à nouveau la terre de ses ancêtres, comme on dit. Si seulement il pouvait s'endormir et ne se réveiller qu'au terminus. Il s'en serait bien passé de retourner voir sa famille mais son père avait insisté pour qu'il assiste aux obsèques de sa grand-mère. « Jamais pu l'encaisser cette vieille peau ! » lui avait-il rétorqué. « Tu lui dois bien ça, après tout, c'est quand même elle qui s'est occupée de toi quand ta mère s'est barrée, non ? ». Cet argument ne l'avait pas convaincu, mais si son père insistait tant c'est que ça lui importait. Et comme il l'aimait bien son vieux, il avait accepté de se taper neuf heures de trajet pour le soutenir. Et puis, après tout, ça lui éviterait de supporter que l'autre casse-pieds ne vienne taper à sa porte. Il venait de la quitter la veille et n'avait aucune envie qu'elle débarque à l'improviste et vienne lui chialer sur l'épaule. « Les martyres ça va un temps ! Mais je l'ai pas jetée pour qu'elle revienne m'emmerder tous les quatre matins », tonna-t-il à voix haute, sans gêne aucune, seul dans le wagon.

Lorsqu'il l'avait rencontrée la première fois, elle ne s'était même pas rendu compte, la gourde, qu'il lui faisait du plat. Il avait dû y aller avec ses gros sabots pour qu'elle finisse par comprendre. Elle n'avait pourtant pas l'air si nouille. Lui en revanche, ne brillait pas par son raffinement. Toujours est-il qu'il l'avait emballée et ils avaient fini au pieu comme on aurait pu le parier. Elle en avait redemandé toute la nuit et pour la première fois de sa vie, Marco avait eu la sensation d'être rassasié avant que l'appétit de sa partenaire ne soit comblé. « Une fille comme ça, il faut la garder mon pote », s'était-il déclaré à lui-même comme un serment. Ils avaient donc continué de flirter et leur liaison lui convenait comme ça. Ils se voyaient presque tous les week-ends, souvent une fois la semaine, parfois deux. Ils ne se lassaient pas tous les deux, semble-t-il, de leurs parties de jambe en l'air. Ils avaient appris à mieux se connaitre aussi et il s'était aperçu qu'en effet elle était loin d'être sotte. Secrétaire chez Marinaud, le plus gros transporteur de la région, c'était plutôt flatteur pour une fille comme elle, issue d'une famille de bouseux dégénérés. Alors que lui n'avait même pas été foutu de décrocher son bac et n'était bon qu'à faire les trois huit à l'usine d'embouteillage du patelin, et sans doute y passerait-il toute sa chienne de vie. Ce qui le sauvait, c'était sa belle gueule et comme il aimait à le rappeler à ses copains : « Mon gros calibre avec qui je pourrais braquer plusieurs bourgeoises en même temps si je voulais ! » Heureusement pour lui, personne n'avait jamais osé lui dire à quel point il n'était pas drôle, ce qui le maintenait dans une assez haute opinion de lui-même. « Les gonzesses c'est vraiment l'enfer », ressassait-il, bercé par le roulis du train. « Quand on n'en a pas, on les cherche et quand on tient une, elle nous casse les couilles ! ».

Sûr que ce n'était pas tous les jours dimanche depuis qu'il connaissait Fiona. Ils avaient plutôt bien vécu la première période de leur vie commune. Tout pendant qu'ils ne se voyaient qu'occa-sionnellement, ça allait. Mais quand il avait lâché son meublé pour aller s'installer chez elle, les choses avaient changé. Au début, elle était au petit soin pour lui. « Tu veux une bière ? » lui proposait-elle, dès son retour de l'usine. « J'ai envie de toi ! », lui susurrait-elle au creux de l'oreille, en se lovant sur lui, avant même qu'il ait avalé la première gorgée. Ils filaient un parfait amour. Enfin, au moins elle ! Lui n'était pas sûr de l'aimer mais il trouvait la situation plutôt agréable. Il était comme un coq en pâte. Et ça avait duré un moment avant que la situation ne se dégrade. Il lui semblait qu'il n'avait pas connu d'autre vie avant et se délectait de toute la douceur dont ils débordaient l'un pour l'autre, surtout elle. Elle le comblait. Il la sautait copieusement en retour et elle avait l'air d'adorer ça. « Le beurre, l'argent du beurre et le cul de la crémière ! » s'amusait-il à répéter à ses potes avec lesquels il continuait de partager un ou deux demis à l'occasion.

Les choses avaient commencé à ne plus tourner rond, le jour où elle lui avait gentiment demandé s'il lui serait possible de jeter ses vêtements dans le panier à linge plutôt que de les laisser traîner dans la chambre. Et puis quoi encore ? Elle ne voulait pas qu'il repasse lui-même ses fringues aussi ? Il l'avait donc rembarrée comme elle le méritait, lui avait fait un peu la gueule et l'avait laissée s'endormir frustrée ce soir-là, menaçant d'aller en voir une autre si elle s'avisait de répéter ce genre de protestation. Fiona l'avait donc laissé tranquille les semaines suivantes. Mais un soir, elle était revenue à la charge, cette fois en lui demandant s'il ne pourrait pas de temps en temps faire une ou deux courses en rentrant du boulot. « Tu crois peut-être qu'avec les horaires que je me tape, je peux débarquer comme ça à n'importe quelle heure dans les boutiques en demandant gentiment aux commerçants de m'ouvrir leur porte pour acheter trois paquets de nouilles et une livre de farine ? Tu vis sur quelle planète toi ? Allez, viens plutôt me faire un câlin avant qu'on se fâche ! », lui avait-il répondu. La conversation s'était donc arrêtée là.

Inquiet tout de même de la proximité de ces deux évènements, il s'était confié à son copain Ritchie un soir. L'autre lui avait répondu que la situation devrait se reproduire le mois suivant, laissant Marco surpris. « Bin oui gros benêt, les anglais débarquent ! » avait-il ajouté. Et devant le regard interrogatif de son copain, Ritchie avait poursuivi « Elle a ses ours crétin ! T'es puceau ou quoi ? Tu sais bien que les gonzesses racontent n'importe quoi une semaine par mois… au moins ! » Cette allusion finale les avait bien fait marrer et le mois suivant Marco avait décidé de prendre les devants. Il était arrivé à la maison un soir avec un paquet cadeau qu'il tendit à Fiona en rentrant, impatient de voir la tête qu'elle ferait lorsqu'elle le déballerait. Fiona n'en croyait pas ses yeux. Elle avait rarement reçu des cadeaux de ses amants et lorsqu'elle vit le petit paquet, son cœur ne fit qu'un tour. « Vu la taille du paquet ça ne peut être qu'une bague de fiançailles. Es-tu vraiment prête ma vielle ? », pensa-t-elle. C'était sans compter l'humour douteux de celui qu'elle pensait être enfin l'homme de sa vie. Aussi, elle fondit en larmes lorsqu'elle déballa le paquet et découvrit une boîte de tampons. « Bin quoi ? On peut plus déconner ? Moi qui croyais que ça allait te faire marrer ! Allez, détends ta moule ! », avait-il claironné. « T'es bête ! J'croyais que t'allais me demander en mariage et au lieu de ça tu te payes ma pomme alors que tu sais très bien que je suis susceptible quand j'ai mes trucs ! », avait-elle pleurniché. « Ho tu m'emmerdes à la fin ! Si tu chiales même quand j'essaye de te faire rigoler, moi je vais picoler avec mes potes, au moins avec eux j'm'ennuie pas ». Et il l'avait laissée plantée là, dans la cuisine, avec sa boite posée bêtement sur la table devant elle, au milieu du papier cadeau déchiré.

Marco se demandait ce qu'il avait à ressasser ces conneries et il regrettait de ne pas être arrivé plus tôt à la gare. Il aurait pu au moins acheter un de ces magazines qui font passer le temps. Il revoyait ceux que Fiona laissait traîner sur la table du salon. Elle était folle de ces trucs qui racontent la vie des stars du show-biz. Lui n'y connaissait rien et s'en foutait pas mal de ce que pouvaient faire ces branleurs pour tuer le temps sur la côte. Fiona, elle, s'y intéressait de près et même qu'une fois elle était revenue de chez le coiffeur avec la même coupe que cette chanteuse à la mode ! Il n'avait pu s'empêcher de lui rire au nez et lui demander : « T'es sure que t'es allée dans un salon de coiffure ? C'était pas plutôt un toiletteur pour chien ? » Cette fois Fiona était partie sans un mot, pleurant en courant dans les escaliers, le laissant lui crier par la fenêtre que si elle n'était pas rentrée pour le dîner, ce n'était pas la peine de revenir ! Elle était revenue bien sûr. « Comment pourrais-tu vivre sans moi de toute façon ? », lui avait-il demandé, en guise de consolation. À y repenser, il se demandait d'ailleurs ce qu'il lui trouvait à cette môme. Avec ou sans sa coupe de cocker, elle n'avait rien d'exceptionnel. Il lui répétait souvent d'ailleurs, lorsqu'elle lui demandait s'il la trouvait jolie : « Ma chérie, ton meilleur profil, tu es assise dessus ». Et il le lui claquait fièrement si elle s'en allait vexée. Peut-être que c'est ce qui lui plaisait tant chez elle, cette façon qu'elle avait de gober toutes ses vannes et de prendre tout au pied de la lettre. « Heureusement que je suis pas une gonzesse, comment je ferais pour vivre sans second degré ? » Cette pensée le détendit un peu et il sentit enfin qu'il s'installait confortablement sur son fauteuil. « Mais toujours pas moyen de contempler le paysage et toujours rien à lire. Ce putain de voyage n'en finira donc jamais ? Heureusement que cette histoire est finie, elle, en tout cas. Au moins je n'aurai plus à supporter les sautes d'humeurs de cette cinglée ! L'enfer, c'est pas les autres en général, ni les gonzesses en particulier, c'est Fiona ! C'est ça, c'est un fléau cette bonne femme, une vrai calamité ! »

Leur histoire avait pourtant tenu bon pendant deux ans. Ils s'accoutumaient à ce rythme de scènes mensuelles… ou menstruelles comme il les appelait avec ses copains ! Il était fier d'avoir trouvé ce jeu de mot tout seul qui faisait mourir de rire sa bande. Si seulement ils étaient là les potes, ils pourraient aller s'en jeter un et raconter des conneries, ça le détendrait. « De toute façon y a même pas de wagon bar dans ce train pourri », se rappela-t-il. La solitude l'enveloppa soudain. Le train se serait arrêté en gare pour laisser monter un groupe de fantômes, ça ne l'aurait pas surpris. La dernière fois qu'il s'était senti aussi seul remontait au jour où Fiona lui avait annoncé qu'elle était enceinte. Elle lui avait fait un petit dans le dos, la garce. « Qu'est-ce qui me prouve que je suis le père », lui avait-il lancé en guise de félicitations. « Parce qu'il n'y a que toi dans ma vie et que je t'aime couillon », avait-elle pensé lui répondre, mais sa réaction l'avait tellement blessée qu'elle n'avait rien répondu, paralysée, et s'était mise à pleurer.

Ça l'avait foutu en rogne. Il l'avait traité de trainée et s'était barré en claquant la porte. Le temps était aussi pourri qu'aujourd'hui et il était arrivé trempé au café. Le patron s'était foutu de sa gueule et pas un pote n'était là pour le réconforter. Quelle poisse ! Il s'était donc remis seul de cette sale nouvelle en descendant plusieurs verres et avait fini par rentrer à la maison en zigzaguant dans les rues en chantant à tue-tête : « Les marmots, c'est comme les vieux cons, tant qu'on en a pas, c'est vraiment la fête ! Les marmots, c'est comme les vieux cons, quand on les a sur les bras, c'est vraiment bidon ! ». Il s'était affalé sur le canapé en rentrant et ce n'est qu'à son réveil le lendemain matin qu'il avait trouvé le message de Fiona : « Je pars quelques jours chez ma cousine pour faire le point. Ne m'en veux pas s'il te plaît. Je t'aime. Fiona. » « La traitresse, me faire ça à moi, se barrer avec mon gosse ! ».

Il avait donc déboulé en furie chez la cousine et ramené Fiona de force à la maison. À partir de ce jour, la situation n'avait fait qu'empirer. Ils s'insultaient plusieurs fois par jour, surtout lui. Elle lui reprochait de la séquestrer. Il lui prétendait qu'il ne pouvait pas lui faire confiance, qu'elle n'était pas capable de protéger seule son enfant et qu'elle devait s'estimer heureuse qu'il ne la lâche pas après le sale coup qu'elle lui avait fait. Fiona avait fini par renoncer à retrouver leur vie d'avant et avait cessé de lutter. Elle ne sortait plus que pour faire les courses. Ne bougeait plus que pour préparer les repas. Passait le plus clair de son temps dans une bulle hermétique où aucun son ni aucune image ne lui parvenaient. Elle pâlissait. S'étiolait. Se fanait. Un soir en rentrant du boulot, Marco la trouva grelottante dans sa robe de chambre, recroquevillée sur le canapé. Le plaid qui le recouvrait était taché de sang séché. Elle avait perdu le bébé le matin et n'avait pas pu bouger depuis. Marco appela sa cousine et la laissa gérer la situation pendant qu'il essayait d'oublier toute cette merde avec ses copains. Le soir il n'était pas rentré. Il avait dormi chez Ritchie et c'est son père qui l'avait réveillé le matin en lui annonçant au téléphone que sa grand-mère était morte. Il était donc parti sans repasser par la maison et n'avait pas l'intention d'y revenir. Fiona faisait partie du passé et c'était bien comme ça.

Le train entra dans un tunnel et les néons du wagon hésitèrent à s'allumer. Ils clignotèrent un moment puis s'éteignirent tout à fait après un long grésillement alors que le train ralentissait. Une voix nasillarde marmonna un message inaudible diffusé par les haut-parleurs au moment où le train s'arrêta. Marco alluma son téléphone portable et éclaira le wagon de sa lueur blafarde. Par les fenêtres on devinait les parois du tunnel. Aucune activité ne semblait se dérouler ni dehors ni dedans. Il était apparemment seul. Il entreprit de parcourir le train. « Il doit bien y avoir un chauffeur au moins ?! » Plus il avançait, plus le train lui semblait interminable. Il ne croisa personne dans aucun wagon. La ventilation s'étant arrêtée en même temps que les lumières, il commençait à faire froid. Marco releva son col et un frisson lui parcourut la colonne vertébrale. Jamais il ne s'était senti aussi seul. « Qu'est-ce qui se passe bon sang ? Y'a quelqu'un ? » Seul un silence chargé de bruissements sourds et mécaniques répondit à son appel. Il essaya d'ouvrir une portière mais elle était bloquée. Une autre lui résista encore et toutes celles qu'il essaya restaient fermées. « Foutue sécurité ! Pas moyen de sortir de cette boite. Y'a quelqu'un ? Répondez bordel ! » Il avançait toujours. Il ne savait plus combien de wagons il avait parcouru mais certainement plus qu'il n'y en avait lorsqu'il était monté dans le train ! Et à l'instant où il pensait arriver près de la porte qui donne sur la locomotive, le train se remit brusquement en marche. Il manqua perdre l'équilibre et se raccrocha in extremis à un appui-tête. La machine stoppa de nouveau, aussi vite qu'elle avait redémarré et il s'affala sur une banquette. Les néons clignotèrent de nouveau puis s'allumèrent tout à fait et le train s'élança de nouveau. Les haut-parleurs diffusèrent un message d'excuses à peine plus audible que le précédent et le train repris sa course comme si de rien n'était. « C'est tout de même un monde ! Y vont m'entendre à la gare ».

Le train marchait lentement et Marco se demandait s'il allait bientôt sortir de cet enfer. Il pensa soudain à Fiona. La lumière de l'extérieur l'aveugla. Le train venait de quitter le tunnel. Il ne pleuvait plus et il ressentit pour la première fois de sa vie une réelle inspiration. Et si l'enfer ce n'était pas les autres ? Si l'enfer c'était lui ?!

« Non mais tu dérailles mon pote ! Ressaisis-toi ! Faut vraiment que j'arrête les longs trajets en train moi… », songea-t-il. Mais la révélation était là. Marco ne pouvait le nier, il venait d'être victime d'une illumination ! Il resta un moment hébété, le regard perdu dans celui d'une vache au loin qui regardait passer le train. Il contempla longuement le paysage qui défilait devant lui, serein. Il était fasciné par la beauté de la lumière qui nimbait toute chose. Il lui semblait explorer un monde nouveau et il fut soudain submergé par une vague de tristesse. Comment avait-il pu faire une chose pareille ? Comment avait-il pu abandonner celle qui avait porté son enfant. Elle qui avait été si bonne pour lui. Il la revoyait mijotant de bon petits plats, l'écouter, patiente, lorsqu'il lui racontait ses histoires en rentrant du boulot. Il ressentait soudain toute la délicate attention qu'elle mettait dans chacun de ses gestes à son égard. Aucun mot ne lui venait à l'esprit pour qualifier le comportement qui avait été le sien depuis le début de leur relation. Il n'était plus qu'un gros paquet de honte et s'en voulait terriblement de ce qu'il avait fait subir à cette pauvre fille. Il revivait chaque scène où il avait été plus bas que terre alors qu'elle cherchait toujours une solution amicale à leurs conflits. « Comment ai-je pu ? Quel con ! Cette femme délicieuse m'aime et je n'ai pas été foutu de lui offrir une once de tendresse. Qu'est-ce qui m'arrive ? » Marco était désemparé. Il avait l'impression d'être un aveugle de naissance à qui on vient d'offrir la vue. Toute la chaleur de Fiona le submergea. Il ne l'avait jamais vraiment laissée l'atteindre auparavant. Elle avait supporté sa brutalité sans jamais l'agresser en retour et lui n'avait jamais cessé de l'humilier. Il sentit des larmes couler sur ses joues puis il s'effondra en sanglots. Une main se posa sur son épaule. « Ça va monsieur ? » Une dame, sa voisine de banquette, le regardait avec compassion. Il se redressa, essuya son visage d'un revers de manche, vit que d'autres voyageurs le dévisageaient puis se leva pour se réfugier dans les toilettes. « Je deviens dingue ou quoi ? Ce train était vide y a pas dix minutes ! », lâcha-t-il, en observant son reflet livide dans le miroir. Il s'aspergea le visage, regagna sa place et tenta de remettre de l'ordre dans ses idées. « Inutile de chercher à comprendre », se dit-il. L'essentiel était qu'il aimait Fiona et qu'il devait le lui dire.

Marco descendit à la gare suivante et prit un billet retour sans douter que le voyage se passerait bien cette fois. Il avait d'autres préoccupations en tête. Il allait retrouver Fiona et allait la reconquérir. Il savait qu'après tout ce qu'il lui avait fait subir, le chemin serait long pour regagner sa confiance, si jamais il y parvenait. Ce qu'il avait ressenti dans le train diffusait encore en lui d'étranges ondes, au point qu'il en venait à concevoir qu'il n'obtiendrait le pardon de Fiona qu'en se pardonnant à lui-même. L'idée venait de germer dans son esprit, mais encore encombré de l'expérience qu'il venait de vivre et des projets qu'il échafaudait pour revenir en odeur de sainteté de celle qu'il avait tant fait souffrir, rien n'était moins sûr que de voir ce concept s'épanouir autant que la raison aurait pu l'espérer. Marco se perdait donc dans ses plans. Il hésitait entre l'inviter au restaurant, lui demander sa main devant témoin, nettoyer l'appartement de fond en comble avant de la prévenir qu'ils rentraient à la maison ou tout simplement lui envoyer un bouquet chez sa cousine, accompagné d'un petit mot exprimant son amour et ses regrets. Il oublia en tout cas de prévenir son père qu'il avait finalement changé de programme et ne pensa de tout le trajet qu'aux différentes options qui s'offraient à lui. Il cherchait LA solution qui lui assurerait le meilleur résultat. Ou plutôt qui leur assurerait la plus forte probabilité de vivre de nouveau ensemble, au moins aussi bien que lorsqu'ils avaient choisi de partager leur existence, voire mieux. Il choisit d'écrire une lettre à Fiona dans laquelle il lui expliquerait ce qu'il ressentait. Il exprimait ses remords, demandait pardon et espérait le meilleur pour tous les deux. Cette reprise de contact lui semblait respectueuse et il espérait que Fiona lui pardonnerait. Mais Fiona ne lui répondit pas. Sa cousine s'en chargea à sa place : « Va te faire foutre ! Pauvre type ! ».

Il fallut quelques temps à Marco pour se remettre de ces évènements. Heureusement ses potes étaient là et ils lui permirent de surmonter tout ce foutoir. Ils lui répétaient de ne pas s'en faire. « Allez, vieux, ça arrive parfois que des mecs pètent un plomb dans de telles situations et hallucinent grave ! » Ils l'aidèrent à remonter la pente, à oublier toute cette histoire, à enfouir Fiona au plus profond des oubliettes de sa mémoire. Ils lui trouvèrent même une nouvelle copine. Une fille gentille qui s'occupait bien de lui et à qui il pouvait dire sans qu'elle se fâche : « Toi t'es pas finaude mais je t'aime bien quand même ! ».

MUTATIONS

1

La voiture roulait gentiment sur les routes sinueuses de Corse. Nathan conduisait toujours prudemment et aimait conduire lentement quand il était en vacances. Sonia, sa femme, dans une demi-somnolence contemplait silencieusement les rochers rouges qui plongeaient dans la mer scintillante aux reflets turquoise. Anatole et Maya, leurs enfants, dormaient sur la banquette arrière. Nathan apercevait parfois dans le rétroviseur la tête de Maya passer d'un côté à l'autre des appuie-têtes du rehausseur. Il ne voyait pas Anatole, assis juste derrière lui, mais sentait dans son dos ses pieds appuyés contre son dossier. Il se souvenait de leur premier voyage avec Anatole il y a huit ans. Encore bébé il était allongé dans la nacelle de son landau sur le siège arrière et babillait à chaque virage. Maya était arrivée quatre ans plus tard et Nathan souriait en repensant à la fête qu'avait réservé Anatole à sa petite sœur en la voyant arriver à la maison. C'était un jour comme celui-ci, songea-t-il, où l'existence flirte avec un bonheur absolu. Il salivait en pensant à la baignade qu'ils allaient s'offrir dans quelques instants, dans cette petite crique que lui avait recommandée le gérant du camping : « Vous verrez, il n'y a pas grand monde et c'est idéal pour les enfants, lui avait-il précisé. » Nous ne devons plus être loin maintenant et Maya aura eu un temps de sieste suffisant pour être en forme et profiter de la baignade, pensa-t-il encore.

Soudain, il entendit un pneu éclater et sentit qu'il perdait le contrôle de la voiture. Sonia hurla en sentant la voiture tanguer et les enfants se réveillèrent en sursaut. « Qu'est-ce qui se passe Papa ? » cria Anatole pendant que sa petite sœur poussait des hurlements affolés. Nathan ne répondit pas, il tentait de garder son sang-froid et essayait de rétablir le contrôle. Malgré la vitesse modérée de la voiture, il ne parvenait pas à stabiliser sa trajectoire et sur cette petite route pentue il ne put que tenter un dernier coup de frein avant que l'auto quitte la corniche et parte en vol plané dans le vide. Tout se figea. Nathan entendait clairement les hurlements de Maya et d'Anatole, il voyait sa femme, la tête entre les genoux, hurlant de faire de même aux deux petits. Il se voyait lui, les bras tendus, les mains serrant le volant avec une force qu'il ne se connaissait pas, le visage crispé dans une expression de terreur, le regard fixé sur l'horizon bleuté de la Méditerranée. Puis la voiture bascula et plongea sans hésitation dans l'eau. Nathan eut le réflexe de prendre une grande respiration.

Le choc fut terrible et le pare-brise vola en éclat, laissant entrer une vague immense qui envahit l'habitacle à toute allure. Nathan réussit à détacher sa ceinture et essaya de libérer Sonia en vain. Elle continuait à hurler et des bulles s'échappaient en abondance de sa bouche grande ouverte. Il aurait voulu lui dire de se calmer, de retenir son souffle mais il ne pouvait rien faire de plus. Il jeta un œil aux enfants à l'arrière, le choc les avait semble-t-il assommés et ils flottaient les yeux clos, emprisonnés dans leurs ceintures et harnais de sécurité. Nathan nagea aussi vite qu'il put pour rejoindre la surface, toussa longuement, hurla plusieurs fois « Au secours ! », reprit une grande inspiration et retourna vers le fond. La voiture n'était pas loin, coincée dans les rochers, au pied de la falaise d'où ils avaient quitté la route. Il ne parvenait toujours pas à détacher sa femme alors il essaya de libérer Maya et réussit à la ramener à la surface. Il vit un homme plonger depuis les rochers proches, nager vers lui et tenter de saisir la fillette. Nathan ne pouvait pas la lâcher. Il hurlait à s'en briser les cordes vocales. Il savait déjà que c'était trop tard. Il ne reverrait plus sa femme ni ses enfants vivants. Pendant ce temps l'homme qui était venu à son secours remontait à la surface avec Anatole. Nathan apercevait entre ses larmes d'autres personnes sur les rochers. Il les vit sortir le garçon et tenter de le ranimer. Il les vit aussi hisser Sonia puis il sentit qu'on le tirait avec force vers le bord. Il se laissa emporter et s'évanouit, épuisé.

À son réveil, son meilleur ami Joël était là, à son chevet, le regard bouffi. Ses premières paroles l'incitèrent à rester calme. « Tu es attaché de toute façon. Les médecins préfèrent ne prendre aucun risque. Tu es sous tranquillisants et… » Mais Nathan n'écoutait déjà plus. Il se sentait extrêmement mou et ne voyait pas pourquoi il n'aurait pas gardé son calme. Il lui semblait inutile qu'on l'attache. Mais la mémoire lui revint soudain et il se mit à hurler les prénoms de sa femme et de ses enfants en essayant de se défaire des courroies qui le retenaient prisonnier. Une infirmière entra, fit signe à Joël de sortir et administra à Nathan un calmant par intraveineuse dans un geste expert qui le plongea de nouveau dans un profond sommeil.

Nathan n'assista pas aux obsèques de sa famille. Il séjourna longtemps à l'hôpital, soutenu par Joël surtout et quelques autres amis et membres de sa famille. Au bout d'un long travail de l'équipe médicale il put sortir et Joël l'aida à mettre de l'ordre dans ses affaires. Malgré les conseils de son ami, Nathan vendit tout et décida de partir, seul. Un sac léger à l'épaule et quelques espèces en poche, il s'installa au bord d'une route et tendit le pouce.

2

Le pare-brise du poids lourd ruisselait sous l'averse balayée par les essuie-glaces. Nathan ne parlait pas, le chauffeur non plus. De toute façon, l'un ne parlait presque pas français et l'autre ne connaissait pas un mot de Slovaque. Ils roulaient ensemble depuis un moment déjà et la plaine qu'ils traversaient lui donnait l'impression d'être à bord d'un chalutier en partance pour des pêches lointaines. Le vent et la pluie balayaient les blés en vagues écumeuses et le ciel zébré d'éclairs ne lui inspirait aucune confiance. « Enfin, il fait meilleur être à l'abri dans cette cabine qu'à bord d'un rafiot de pêche », songea-t-il. Depuis la disparition de sa famille, il avait la mer en horreur. Les grands yeux de Sonia lui apparaissaient alors et il plongeait dans ses pupilles pour explorer des évènements de sa vie et se demander si les choses auraient été différentes s'il avait agi autrement. Lorsque le temps et l'ambiance étaient gris comme aujourd'hui il était encore plus critique et s'il repensait à son enfance heureuse par exemple, il se demandait quand même si ses parents lui avaient donné assez d'affection, s'il avait été suffisamment un bon fils en retour ou s'il avait lui-même offert assez d'amour à ses enfants. Ses réflexions le plongeaient dans une tristesse infinie et il lui arrivait alors parfois de pleurer, même en public. « Toi triste ? » lui demanda le chauffeur. « Vie dure, mais soleil revenir toujours », conclut-il. Nathan accepta le thermos de café que le chauffeur lui tendait et essuya ses larmes d'un revers de manche. Il appréciait le réconfort que lui apportait son compagnon de route. C'était un homme à la carrure imposante, au visage dissimulé derrière une barbe touffue. Le genre de bonhomme dont Nathan se serait sans doute méfié avant. Il but à petites gorgées et l'odeur le transporta dans la maison de sa grand-mère. Le café se mêlait aux effluves humides qui se dégageaient des vieux murs. C'est là qu'il avait aimé le café pour la première fois et il n'avait jamais plus rien bu depuis au petit déjeuner. Son grand-père habillé d'un pantalon et d'une veste de toile bleu marine était assis, comme toujours dans son fauteuil, dans un coin de la cuisine, la casquette vissée sur la tête et les jambes allongées devant lui. Il arrivait parfois que le vieil homme abatte brusquement sa grosse main d'ouvrier sur une mouche qui passait par là. Il ne manquait jamais son coup, ce qui laissait Nathan plein d'admiration.

Nathan savait marcher depuis peu et s'amusait à enjamber dans un sens puis dans l'autre, faisait le tour de la table et reprenait son petit manège jusqu'à ce que le Pépé entre dans son jeu et lève les jambes pour lui barrer la route ou le saisisse par un bras au passage. Nathan finissait toujours par ressentir des sentiments d'excitation mêlés d'impuissance face à la bonhommie et la force du vieil homme. Son émotivité lui venait peut être de là ? À moins que ce ne soit d'avoir vu longtemps pleurer sa mère après la mort du Pépé ? Il se revoyait aussi enfant, à jouer avec ses grands frères et sœurs, à cache-cache dans la maison et la cour, geignant dès qu'ils l'attrapaient un peu trop fort. Bien plus grands que lui, ils ne lui laissaient pas beaucoup de chance lorsqu'ils décidaient qu'ils auraient le dernier mot. Il ne lui restait plus alors qu'à fuir ou crier jusqu'à ce que sa mère intervienne. Son père intervenait-il aussi ? Il ne s'en souvenait pas.

L'averse était finie et la route luisait sous les rayons du soleil qui perçaient les nuages. Le camion s'arrêta sur une aire de repos et Nathan offrit une cigarette au chauffeur. Il lui avait dit s'appeler Piotr lors d'un arrêt précédent. « Bientôt maison Piotr. Toi dormir et manger maison Piotr ». Nathan acquiesça, puis ils se remirent en route.

Le camion roulait maintenant au milieu de collines couvertes de vignes et aux sommets boisés. De petits bâtiments de pierre ponctuaient le paysage éclairé par la lumière rasante de fin de journée. Ils arrivèrent tard chez Piotr, mais sa femme les attendait, affairée autour de casseroles fumantes d'où s'échappaient des parfums qui invitaient à s'assoir. Piotr la souleva du sol et la fit tourner comme un fétu de paille dans un rire tonitruant, puis il la présenta à Nathan. Kristina les invita à passer à table et leur servit un repas tel que Nathan n'en avait pas dégusté depuis longtemps. Le menu était simple mais l'assaisonnement parfait et le vin l'accompagnant efficace, au point de les installer tous trois dans une euphorie contagieuse. Ils dansèrent et chantèrent longtemps avant d'aller se coucher. En s'endormant, cette hospitalité toute simple rappelait à Nathan les petits plats que la mère de Joël leur servait enfants, lorsqu'elle l'invitait à dîner. Il appelait ses parents au téléphone pour leur demander la permission de rester chez son ami. « Joël me raccompagnera en vélo et nous dormirons à la maison », précisait-il. Il remerciait ses parents, raccrochait, puis les deux garçons se régalaient des croque-monsieur ou des frites maison que leur servait la mère de Joël. Nathan s'endormit sur ce doux souvenir.

Le lendemain Piotr emmena Nathan dans les vignes et lui présenta Anton. Il avait vécu en France et parlait bien français. Il lui expliqua qu'il était le cousin de Piotr et qu'il avait besoin d'un coup de main. « Les vendanges vont bientôt commencer et Piotr m'a dit que tu n'as rien à faire ». Nathan accepta la proposition et, avant de suivre Anton, remercia chaleureusement Piotr qui retourna chez lui avant de reprendre la route.

Anton avançait d'un pas décidé dans les vignes en expliquant à Nathan quel serait son travail. L'homme était moins imposant que son cousin routier et plus trapu, mais on sentait dans ses mouvements une force qu'enviait Nathan. La première fois qu'il avait ressenti ce sentiment c'était en voyant son ami d'enfance dans la cour de récréation foncer tête baissée sur un camarade de classe qui l'avait provoqué. On aurait dit un bélier prêt à enfoncer une porte. L'autre avait reçu le coup en pleine poitrine et il lui avait fallu un moment pour reprendre son souffle. Nathan était plus fluet que Joël et avait toujours été impressionné par les garçons plus forts que lui. Adulte, il avait rejoint des groupes de lutte pacifistes mais il se demandait à présent si ce n'était pas par couardise ou parce que de toute façon en cas de bagarre il n'aurait jamais fait le poids. Quoiqu'il en soit, il espérait bien que le travail physique que lui proposait Anton contribuerait à renforcer sa musculature et que, sans aller jusqu'à ressembler à ceux dont il enviait la carrure, il se sentirait au moins mieux dans sa peau.

La saison de vendange lui apportait beaucoup de satisfaction. Outre le fait de vivre dehors et de sentir qu'en effet son corps évoluait vers une forme qui lui convenait mieux, il appréciait la compagnie des autres vendangeurs qui travaillaient dans la bonne humeur. Malheureusement, les vendanges touchaient à leur fin et Anton reconnut qu'il n'avait plus besoin des services de Nathan. « Par contre j'ai un cousin qui habite sur les rives de la mer Noire en Géorgie et qui cherche quelqu'un pour l'aider à entretenir sa chambre d'hôte, une jolie datcha où viennent séjourner de riches russes pour les vacances ». Nathan passa une dernière soirée avec Anton et reprit sa route le lendemain.

3

L'insecte était posé sur le tableau de bord de la voiture qui avait pris Nathan en stop. Une grosse mouche noire aux reflets violacés. Tout à son ouvrage, la bestiole nettoyait soigneusement ses pattes, une à une, méticuleusement. Puis la mouche lissait les fragiles vitraux qui lui servaient d'ailes et les débarrassait de toutes les impuretés qui pourraient les abimer ou nuire à son vol. Rien de réfléchi, juste de l'instinct de survie. L'abdomen ensuite. Puis les multiples facettes de ses yeux. Les pièces buccales enfin. Tout devait être impeccable. Sa toilette terminée, la mouche voleta quelques instants dans l'habitacle du véhicule avant que la main de Nathan ne s'abatte sur elle, impitoyable. L'insecte n'eut pas le temps de se demander si la capacité de certains hommes à éliminer les mouches était héréditaire.

4

Ivan était dans le jardin lorsque Nathan poussa le portillon de la datcha. L'homme installait des chaises longues sur une terrasse en surplomb de la mer. De grands voiles protégeaient l'espace de détente du soleil brulant en ce début d'après-midi. Ivan s'aperçut de la présence de Nathan et l'invita à le rejoindre. Il le reçut chaleureusement en s'adressant à lui dans un français teinté d'un accent géorgien que Nathan trouva très chantant :

- Je t'ai reconnu tout de suite grâce à la photo que m'a envoyée Anton. Tu dois être fatigué de ton long voyage. Je ne savais pas si tu finirais par arriver jusqu'ici, il y a tellement longtemps qu'Anton m'a dit que tu allais venir. Allez, je vais te montrer où t'installer, puis je t'expliquerai en quoi consiste le travail pendant le diner.

La datcha était splendide. Entourée d'un beau jardin, sa façade claire semblait faite pour accueillir le soleil et l'air marin avec gourmandise. Les grandes fenêtres ouvertes laissaient apercevoir un intérieur confortable et Nathan fut ravi de voir que son hôte lui avait réservé une chambre petite mais bien aménagée, dans un bâtiment à l'écart, d'où il pouvait admirer le paysage à l'envi. Cela faisait longtemps maintenant qu'il n'avait pas séjourné au bord de la mer et il fut surpris de ne pas être plus mal à l'aise dans cet environnement qui lui évoquait tant l'accident qui lui avait arraché sa famille. À présent il repensait à eux avec douceur. La colère qui l'habitait il y a encore quelques mois l'avait quitté. La datcha, le jardin et l'apaisant panorama n'étaient sans doute pas étrangers à cette sérénité nouvelle.

Il se mit au travail dès le lendemain de son arrivée. Les jours se succédaient et se ressemblaient. Il devait d'abord préparer et servir les petits déjeuners selon les envies des clients. Il consacrait le reste de la matinée à aller chercher les ingrédients nécessaires à la préparation des repas cuisinés par la femme d'Ivan qui s'occupait également de l'entretien des chambres, puis il aidait Ivan au jardin ou à entretenir la maison. Ils ne manquaient pas de travail dans cette datcha qui pouvait accueillir jusqu'à douze personnes. Heureusement les clients étaient exigeants mais courtois et Ivan et sa femme le traitaient bien. Une année passa ainsi sans que Nathan ne s'en aperçoive.

Un soir qu'il profitait de la fraicheur en contemplant le ciel étoilé, Nathan sentit qu'il était temps peut-être de revenir vers les siens. « J'appellerai au moins Joël un de ces jours. Cet endroit lui plairait forcément, lui qui aime tant le confort, ici il serait servi ! Il se ferait servir un bon thé au lait le matin et partirait au boulot sans se poser de question, comme s'il avait toujours vécu là ! ».

Le lendemain, alors qu'il faisait les courses au marché, il s'offrit un petit café en terrasse. Un journal français restait sur la table où il s'installa, surement oublié par un touriste ou un expatrié. En le feuilletant, il vit une photo de son ami sous le titre : « Un homme disparait dans d'étranges circonstances ». Il fallut à Nathan un moment avant de pouvoir lire l'article. Il lui sembla que sa raison se brisait comme une boule de noël tombant sur du carrelage, éparpillant ses repères dans toutes les dimensions. « Joël a besoin de moi, je dois rentrer », pensa-t-il. L'article livrait peu de détails. La disparition remontait à une semaine et les derniers témoins disaient avoir vu le disparu marchant sur une petite route de campagne. Carola, la femme de Joël, confirmait que son mari était parti pour une petite balade, comme souvent le matin, près de la maison où ils passaient leurs vacances. Elle était très inquiète et priait toute personne en mesure de lui donner des nouvelles, de se manifester auprès de la police.

Nathan récapitulait ces maigres informations sans trop y croire en s'éloignant de la terrasse du café, perdu dans ses pensées, lorsque le temps changea brusquement. Il ne s'attendait pas à ce que l'orage soit si violent. L'atmosphère était devenue lourde depuis une minute et le ciel s'était chargé rapidement au point qu'il lui semblait que la nuit allait tomber alors qu'il n'était que midi. Les évènements se produisirent simultanément. En un instant il fut trempé jusqu'aux os par une averse comme il n'en avait jamais reçu. Les nuages s'étaient crevés brusquement alors que la température avait chuté d'un coup, saisissant Nathan comme si on le plongeait dans un bac d'eau glacée, provoquant instantanément des tremblements de tout son corps qu'il ne pouvait maîtriser. Au même moment une quantité inimaginable d'éclairs déchargèrent leurs zébrures stroboscopiques aveuglantes et Nathan, paralysé par cet enchaînement, sentit que son corps allait exploser sous l'impact des grondements de tonnerre répétés dont la force surpassait tout ce qu'il avait pu ressentir jusqu'alors.

Il fallut plusieurs minutes à Nathan pour qu'il reprenne contact avec la réalité. La terrifiante expérience qu'il venait de vivre le laissa sans voix pendant quelques temps encore et lorsqu'il croisa enfin quelqu'un, il ne put s'exprimer clairement, bredouillant des paroles que lui-même eut du mal à reconnaitre.

En rentrant à la datcha, une idée germa dans son esprit. Sa famille lui manquait terriblement, bien plus qu'il ne souhaitait se l'avouer jusqu'alors. Si Joël ne revenait pas, il manquerait lui aussi surement à Carola et à leur fille. Lorsqu'ils étaient adolescents il était arrivé quelquefois qu'on prenne Nathan pour Joël et inversement. Malgré leur carrure différente, leurs voix et leurs personnalités propres également, les personnes qui ne les connaissaient pas bien se trompaient parfois. L'idée n'était pas tout à fait consciente, mais se formait dans l'esprit de Nathan alors qu'il pensait en même temps à la façon dont il allait s'y prendre pour rentrer au plus vite. Il connaissait suffisamment son ami pour adopter ses attitudes et ses mimiques. En outre, il bénéficiait d'un certain talent d'imitateur et pourrait sans doute faire en sorte que sa voix ressemble à celle de son ami. Quant à leur différence de carrure, elle avait sans doute diminué ces derniers temps, étant donné les travaux physiques qui l'avaient occupé. Il ne lui restait plus qu'à manger un peu plus pour approcher le léger embonpoint de son ami et lorsqu'il réapparaîtrait dans quelques temps, on penserait qu'il avait maigri pendant son absence.

Une partie de lui reculait devant cette idée, estimant que c'était pure folie, que Joël allait peut-être revenir... mais une voix intérieure insistait pour énumérer tous les avantages de cette situation. Il allait retrouver une famille. La femme de son ami et leur fille seraient si heureuses de retrouver Joël. Nathan ne doutait plus que cette idée soit la meilleure qu'il n'ait jamais eue. Il commença à imiter la voix de son ami et sentit que son corps changeait, comme s'il enfilait un nouveau costume.

Lorsqu'il revint à la Datcha, il prit ses affaires, remercia Ivan et sa femme en s'excusant de ne pas pouvoir rester plus longtemps. « Désolé mais je dois rentrer en France pour une affaire urgente ». Le ton de sa voix était plus affirmé, plus grave aussi. Joël quitta la datcha, se dirigea d'un pas décidé vers la route la plus passagère de la région et commença à tendre le pouce avec la détermination qu'il avait toujours eue. Quelques mois plus tard, après avoir vécu encore ici et là, il arriva près de sa maison et, après s'être assuré que tout était en ordre, il s'avança vers la porte.

5

Une silhouette se découpa en ombre chinoise sur le pas de la porte ouverte. Carola mit sa main en casquette pour mieux distinguer l'homme qui se présentait face à elle, à contre-jour. Elle lâcha son épluche légumes et ne put retenir un petit cri. « Joël, c'est toi ? » Des mois qu'elle ne l'avait pas revu. Des mois que la police avait cessé les recherches. Des mois que le portrait de Joël avait rejoint celui des autres anonymes que l'on croise parfois dans la rue sans le savoir. Des mois qu'elle l'attendait. Il ouvrit juste les bras et ils s'embrassèrent longuement. Ils pleurèrent ensemble. Puis elle sauta de joie et l'embrassa encore et encore. « Tu m'as tellement manqué ! Mais où étais-tu bon sang ? Qu'est-ce qui t'es arrivé ? Et cette barbe ? Tu as maigri non ? Assieds-toi ! Raconte ! »

Mais Joël ne savait pas. Il avait tout oublié. Carola avait beau insister, le harceler de questions, il semblait ne se souvenir de rien. « Bon, tu dois avoir faim, je vais te préparer de quoi te remettre et après un bon repas ça ira mieux hein ? » Mais la mémoire ne lui revint pas. Cependant Carola était si heureuse de le retrouver et leur fille aussi qu'ils décidèrent qu'après tout, l'essentiel était qu'ils soient de nouveau réunis. Le soir il lut une histoire à sa fille avant qu'elle s'endorme. « Je suis si heureuse que tu sois rentré papa ! » lui dit-elle en l'embrassant, avant qu'il n'éteigne la lumière. Puis il rejoignit Carola qui les contemplait par la porte entrouverte. Des larmes de bonheur coulaient sur ses joues. Il l'enlaça et elle l'attira jusqu'à leur chambre. Cette nuit-là, Carola trouva que Joël faisait preuve d'une vigueur nouvelle et elle s'endormit en dégustant le plaisir de cette retrouvaille qu'elle n'espérait plus.

Joël quant à lui, se souvint qu'il avait aimé une autre femme il y a longtemps mais son visage s'estompait à présent et il n'était plus très sûr qu'il ne s'agisse pas d'un rêve finalement.

Le lendemain, il ne savait toujours pas ce qui lui était arrivé pendant ces longs mois d'absence mais il prit un bon thé au lait sans hésitation au petit déjeuner. « Ça fait vraiment plaisir de te retrouver ! » lui dit sa femme, en lui passant une tartine couverte de confiture de groseille. « Moi aussi je suis heureux de vous retrouver toutes les deux ». « À ce soir papa, c'est toi qui viens me chercher à l'école ? » « Oui, s'il te plait chéri, si ça ne te dérange pas, j'ai une réunion ce soir mais je serai de retour pour préparer le dîner. »

Joël était bien content de se glisser de nouveau dans ses pantoufles et de déguster son thé en regardant par la fenêtre les voisins partir au travail.

Dans la matinée, il sortit un moment prendre l'air et il eut plaisir à converser de choses et d'autres avec un voisin qui promenait son chien. « Ça fait plaisir de vous revoir après tout ce temps. Vous faites bien de revenir aux beaux jours après l'hiver pourri auquel on a eu droit. Ceci dit, après le mauvais temps, il faut maintenant qu'on supporte les mouches. Vous avez remarqué comme elles sont nombreuses cette année. Moi j'en peux plus. J'ai tout essayé. Même le papier collant elles ne vont plus dessus. Bon, c'est pas le tout mais je dois continuer la promenade, bonne journée. » Joël n'avait rien remarqué mais cette conversation sur les mouches lui rappelait son grand-père qui les avait en horreur. Il le revoyait essayer en vain de les tuer lorsqu'elles voletaient autour de son barbecue l'été. Ancien cuisinier, le Papy adorait partager son plaisir à cuisiner avec sa famille le dimanche. Enfant, Joël avait souvent invité aussi des amis à déguster ces bonnes grillades. La maison de ces grands-parents était installée sur un terrain au bord d'une rivière et ils avaient une barque. Les enfants s'amusaient comme des fous sur cette embarcation à bord de laquelle ils s'inventaient d'inoubliables aventures. Les éclats de rire de la joyeuse bande revenaient à la mémoire de Joël. Il ne se passait pas une fois où l'un ou l'autre de ses copains tombait à l'eau. Une fois pourtant ils n'avaient pas ri, lorsque Nathan avait manqué se noyer. Ils jouaient comme souvent à se pousser les uns les autres et cette fois c'est Nathan qui avait plongé. Mais sa chaussure était restée coincée dans une souche et Joël avait dû rassembler toute sa force pour extraire le pied de son ami de ce piège. Des années plus tard Nathan lui avait offert la chaussure qui lui restait. Il l'avait conservée et l'avait emballée dans un paquet cadeau pour fêter leurs trente ans d'amitié. Ce qu'ils avaient ri encore cette fois-là ! Que devenait Nathan d'ailleurs ? Joël n'en avait pas la moindre idée. Il était sans nouvelle depuis qu'il était parti quelques temps après avoir perdu sa famille. Joël imaginait bien son ami installé tranquillement quelque part en train de déguster un romantique coucher de soleil. Ça ne l'étonnerait pas d'avoir des nouvelles de ce bon vieux Nathan bientôt.

6

Tout allait pour le mieux. La famille était de nouveau réunie. Joël allait bientôt reprendre son travail. Il lui semblait qu'il aimait sa femme encore plus qu'avant et elle le lui rendait bien. Ils envisageaient même d'agrandir la famille. Malheureusement la relation entre Joël et sa fille se compliquait. La fillette ne ressentait plus les mêmes sentiments à l'égard de son père. Ses sensations avaient changé depuis sa disparition. Il lui arrivait d'être boudeuse, voire de le repousser lorsqu'il s'approchait d'elle pour l'embrasser. Une amie à l'école avait commencé à semer le doute aussi dans son esprit lorsqu'elle lui avait confié que ses sentiments n'étaient plus les mêmes. « Qu'est-ce qui te prouve que c'est bien ton père ? » Elle n'avait pas osé partager cette hypothèse avec sa mère et encore moins avec Joël mais ce dernier sentait bien que sa fille ressassait des idées sombres à son sujet. Il s'assoupit sur ces réflexions, confortablement installé dans son fauteuil au salon et fut réveillé en sursaut, sans savoir combien de temps il avait dormi. Il vit une mouche quitter son bras, sentit une démangeaison, là où elle était posée un instant plus tôt, leva la main mais trop tard. Comme souvent, sa main retomba après que l'insecte ne se soit envolé. Il eut alors la sensation étrange que la mouche venait de lui digérer un bout de peau mais, surpris, il ne lui en voulait pas. Elle virevoltait dans la pièce à la recherche d'une sortie, pressée de transmettre à ses congénères deux informations capitales : la capacité des humains à tuer des mouches n'était finalement pas une fatalité et elle connaissait à présent un moyen radical de se défendre.

En fin d'après-midi, Joël alla comme souvent chercher sa fille à l'école et la laissa quelques instants jouer seule dans le jardin. Elle ne lui avait pas adressé la parole de tout le trajet. Il lui avait demandé pour finir quel était son problème avec lui. « Qu'est-ce qui me prouve que tu es bien mon père ? » avait-elle lâché. Il n'avait rien su répondre et lorsqu'il était rentré à la maison, il sentit brusquement que cette enfant pouvait remettre en question son bonheur retrouvé. Un moment, l'idée de se débarrasser de cet obstacle lui vint à l'esprit.

Au même instant, des milliers de mouches venant de tous côtés s'accumulaient sur la fillette dans le jardin. Elle eut à peine le temps de se rendre compte de ce qui se passait. Les insectes étaient si nombreux qu'ils la maintenaient dans la position où elle se trouvait un quart de seconde avant leur arrivée. Elle n'y voyait plus. Elle n'entendait que le vrombissement de leurs ailes. Elle aurait aimé crier mais déjà un nombre incroyable d'insectes s'étaient engouffrés dans sa bouche, l'étouffant en même temps qu'elles lui digéraient les cordes vocales. Une minute suffit pour que les mouches déconnectent son cerveau en s'insinuant dans son crâne par ses oreilles. Elle eut tout de même le temps de comprendre qu'elle allait disparaître mais qu'il était inutile de lutter. Elle n'avait aucune chance de survivre à une telle attaque. Les mouches n'en laissèrent pas une miette. La fillette fut digérée entièrement, puis, après avoir ressenti une sorte de sensation de satisfaction du devoir accompli, les insectes se dispersèrent comme s'il ne s'était rien passé.

    Joël ressenti alors lui aussi ce sentiment de satisfaction en même temps qu'un grand vide. Il se souvint soudain que sa fille jouait dans le jardin et alla la chercher tout en sachant inconsciemment qu'elle n'y était plus. Il ne savait pas d'où lui venait cet enchainement de sentiments mais lorsqu'il arriva au jardin, il constata en effet que sa fille n'y était plus. Il l'appela alors, sortit du jardin, fit le tour de la maison, la chercha et l'appela encore dans la rue, tant et si bien que les rares voisins présents sortirent de leurs maisons pour voir ce qui se passait. Peu de temps après, la police était sur les lieux et Joël dut soutenir sa femme lorsqu'il lui annonça la nouvelle alors qu'elle rentrait du travail.

- Non, ce n'est pas possible. Elle n'a pas pu disparaître. Ma petite fille. Où est-elle ?

- Ne vous inquiétez pas madame, nous allons faire tout notre possible pour vous la ramener très vite à la maison.

Joël affichait un air réellement affligé, mais au fond de lui, il savait qu'on ne reverrait jamais sa fille et cette certitude lui apportait une grande sérénité. Il enlaça les épaules de sa femme, l'accompagna jusqu'à la maison et l'embrassa tendrement lorsqu'ils furent à l'intérieur. « Ne t'inquiète pas chérie je vais prendre soin de toi. »

A FLEUR DE PEAU

Siffler en travaillant

Un affreux goût métallique envahissait sa gorge pâteuse. Elle avait du mal à respirer et sentait quelque chose enfoncé dans sa bouche. Elle se sentait groggy, l'impression d'avoir été droguée peut-être. Elle perçut qu'elle était allongée sur le côté, sur un sol dur et humide. Elle avait froid. Essayer de bouger était inutile, ses chevilles et ses poignets étaient ligotés. Elle n'osait pas ouvrir les yeux de peur de voir où elle se trouvait, de constater dans quel état elle était... mais quand elle y parvint enfin, elle se rendit compte que sa vue était trouble. Lorsqu'elle réussit à faire la mise au point au bout de quelques instants, elle réalisa que sa tête était emballée dans un sac de toile. Un léger bruit de gouttes résonnait dans la pièce. Elle achevait de rassembler ses esprits lorsqu'elle entendit près d'elle une autre respiration que la sienne. Une main ferme lui saisit le bras avec douceur et elle se mit à hurler. Mais seul l'écho de son cri, étouffé par le bâillon, se perdit dans son corps. Une voix grave, transformée de façon ridicule par une sorte de synthétiseur lui annonça qu'elle serait bientôt libérée.

- Et tu vas bientôt pouvoir observer comment ton compagnon sera libéré avant toi, lui précisa la voix.

- Quel compagnon ? Pitié, laissez-moi partir ! Aurait-elle voulu demander. Mais son bâillon ne laissait passer que de pauvres petits râles étouffés.

- Calme-toi ! Imposa la voix avec suffisamment d'autorité pour qu'elle s'exécute. Je vais ôter ton capuchon et tu pourras observer. Inutile de crier, tu as déjà constaté que ça ne sert à rien et de toute façon, personne ne t'entendrait. Inutile aussi d'essayer de t'enfuir, tu ne peux pas bouger. Si tu es prête, fais-moi signe !

Rassemblant son courage elle acquiesça et aussitôt la voix retira le sac qui lui couvrait la tête.
Elle fut d'abord aveuglée, malgré la lumière blafarde qui éclairait la pièce. Puis, horrifiée, elle découvrit à quelques mètres d'elle un homme nu, bras et jambes écartés, pieds et poings liés, attaché à une sorte de sommier métallique posé contre un mur de pierres. L'homme l'observait avec un regard terrifié, lui aussi était bâillonné et seuls ses yeux exorbités trahissaient son envie de fuir de cette scène hallucinante. À la vue de ce spectacle stupéfiant elle ne put s'empêcher de hurler à nouveau mais la voix lui intima l'ordre de se taire. Elle ne parvint pas à se calmer. Ses hurlements étaient coupés de sanglots et de convulsions.

- Puisque tu n'es pas gentille Violaine, je vais être obligé de te calmer ! Ajouta la voix d'un ton presque mielleux.

Elle sentit alors une piqure dans son épaule et sombra dans une sorte de léthargie apaisante.
À son réveil, l'homme était toujours dans la même position face à elle, le regard perdu. Quant à elle, elle sentait qu'elle n'était plus allongée et qu'elle ne pouvait plus du tout bouger ni même hurler.

- N'aie pas peur, lui dit la voix d'un ton qui se voulait rassurant, je t'ai administré un tranquillisant qui va te permettre d'assister à mon œuvre sans t'énerver. Tu ne vas pas en perdre une miette !

Elle vit alors une silhouette vêtue de noir s'approcher de l'homme en poussant un petit chariot comme elle en avait déjà vu dans les hôpitaux, couvert d'instruments chirurgicaux. La silhouette saisit un petit scalpel et d'un air professoral annonça :

- Je vais sous tes yeux procéder au dépeçage de ton compagnon et Oliver va lui aussi assister à son lent déshabillage grâce à un produit que j'ai mis au point à base de morphine. Il ne sentira pas complètement la douleur et ce produit le maintiendra en vie suffisamment longtemps, je l'espère, pour me voir te déshabiller à ton tour. J'installerai ensuite vos corps pour une petite séance photo-souvenir puis je procéderai à la couture de tous les orifices de votre peau pour pouvoir les gonfler et les exposer au grand jour. Mais avant tout, je vais vous faire prendre un bon bain de lait tiède pour que vos peaux aient suffisamment de souplesse et supportent tous ces préparatifs. Ce sera en quelque sorte votre dernier moment de douceur avant de subir le châtiment que vous méritez pour tout le mal que vous avez fait !

La voix acheva son discours dans une espèce de ricanement animal et saisit une corde qui entraîna une poulie. Le cadre sur lequel était fixé l'homme se souleva et pivota de quelques mètres pour se retrouver en surplomb d'une fosse remplie d'un liquide blanchâtre.

Violaine assistait impuissante à ce spectacle terrifiant. Elle voulait fermer les yeux mais n'y parvenait pas. Tout se bousculait dans son esprit embrumé. « Qui est cet homme, pourquoi l'appelle-t-il mon compagnon ? Je ne connais pas d'Oliver ! Et qui est derrière cette voix ? Qu'est-ce que j'ai bien pu lui faire pour mériter ça ? » Elle n'était pas croyante, mais se demandait si elle n'était pas morte et rendue en enfer. Enfant, elle accompagnait sa grand-mère à la messe parce qu'elle aimait bien la musique, mais elle n'avait jamais cru au Diable ni au Bon Dieu et voilà qu'elle se prenait à penser qu'elle était arrivée dans l'antichambre de Lucifer. Comment se sortir de là ? Elle n'eut pas le loisir de poursuivre le fil de sa réflexion, elle fut sortie de ses pensées par l'effrayant glougloutement que fit son « compagnon » lorsque son corps fut entièrement plongé dans le lait. Leur tortionnaire le sortit à temps pour qu'il ne se noie pas et le remonta lentement alors que l'homme rejetait en toussant et éternuant le liquide par les narines. Une fois remis en place, la silhouette noire s'éloigna du corps, laissant le lait s'égoutter puis se rapprocha de Violaine.

Violaine était au bord de l'évanouissement mais n'y parvenait pas. Elle hurlait et se débattait intérieurement mais aucun son ne sortait de ses cordes vocales et son corps n'exprimait aucun mouvement. Elle aurait aimé sombrer dans la folie, laisser s'échapper son esprit dans un monde inconnu, oublier toute cette immonde farce mais sa raison ne lui avait jamais semblé aussi claire et elle ne put que constater que son corps à son tour s'élevait puis pivotait avant de plonger dans le lait. La sensation du liquide tiède lui fit étonnement un bien fou ! Elle sentit avec appréhension ses orteils se recroqueviller avant de toucher délicatement la surface puis ses pieds se détendirent. Ses chevilles, ses mollets et ses cuisses s'offrirent au massage attendrissant. Elle sentit une vibration agréable dans son ventre. Ses hanches acceptèrent l'onde comme une délicieuse caresse. Ses mains et ses bras plongèrent à leur tour avec appétit. Ses seins se soulevèrent avec une pointe d'excitation et lorsqu'elle fut complètement immergée, elle but quelques gorgées avec avidité. Elle aurait aimé en finir maintenant, se noyer et ne pas avoir à subir ce qui l'attendait mais déjà elle sortait du bain. Le lait ruisselait sur ses cheveux, son visage, sa nuque, sa gorge et elle en redemandait. Elle aurait aimé que ça recommence, éternellement, mais toutes les bonnes choses ont une fin et elle sentait qu'elle égouttait à son tour et voyait son bourreau s'approcher de l'homme avec ses instruments.

Ce qu'elle lut dans les yeux de cet homme alors qu'il se faisait dépecer par leur bourreau qui travaillait en sifflotant, ce n'était ni de la peur, ni de la douleur mais une infinie tristesse, comme un enfant qui a fait une grosse bêtise et qui demande pardon. Il fut déshabillé minutieusement comme l'avait annoncé la voix. Et une fois la peau mise de côté, elle vit le regard de l'homme s'éteindre. Violaine savait ce qui l'attendait mais ce n'est que lorsque le scalpel entama la découpe délicate de sa peau qu'elle commença à comprendre ce que son « compagnon » avait pu ressentir. Elle ne comprenait toujours pas pourquoi elle était là ni pourquoi elle méritait une telle punition. Et, bien que la douleur soit atténuée par la morphine, elle souffrait atrocement. Elle sentait l'air frais et humide saisir ses chairs mises à vif et elle ne supportait pas l'idée d'être dépecée de la sorte. Alors, entre deux hurlements intérieurs, elle se mit à regretter toutes les erreurs qu'elle avait commises. Elle se souvint étrangement de toutes. Son cerveau se mit à les analyser à une vitesse qu'elle n'aurait pas imaginée et elle se rendit compte du mal qu'elle avait fait, bien souvent sans le vouloir, et à son tour elle fut submergée par un flot immense de tristesse. Il lui semblait que sa tête allait exploser tellement elle hurlait fort qu'on lui pardonne.

Au moment où elle vit son bourreau déposer sa peau près de celle de son compagnon d'infortune, elle ressentit pour la première fois de sa vie une réelle compassion pour tout ce qui l'entourait. Elle pardonnait même à son bourreau. Elle l'entendit quelques instants encore siffloter en poursuivant son travail, puis son regard s'éteignit à son tour. Elle était enfin libérée.

Mémoire de poisson rouge

Le sergent Pumpkin n'avait jamais été très doué pour les enquêtes. À vrai dire il n'avait jamais résolu aucune affaire en 35 ans de carrière. Il était pourtant devenu le chef du petit poste de police du comté d'Humberstone lorsque son prédécesseur, le capitaine O'Bryan, était décédé des suites d'une morsure de crotale en plein désert, alors que le pauvre piétinait lui aussi sur une affaire. On l'avait retrouvé étendu sur le sol desséché, à côté d'un cadavre blanchi par le soleil. L'assassin s'était livré, en pensant qu'avec un policier à terre dans l'histoire, il allait se retrouver avec tous les flics à ses trousses. O'Bryan avait donc reçu les honneurs posthumes et la résolution de ce banal règlement de compte lui avait été publiquement attribuée. C'était bien la première fois qu'un dossier était aussi bien bouclé dans cette petite ville de 3000 âmes et Pumpkin se demandait si lui aussi devrait attendre de mourir pour résoudre une affaire.

Aussi ne fut-il pas surpris qu'on ne le contacte pas pour la disparition de cette femme. Comment s'appelait-elle déjà ? « Colette ? Violette ? Violaine ? Ah oui ! Violaine, c'est ça ! » Comment pouvait on oublier un prénom si triste, chargé de tant de douleur ? On n'avait plus revu la disparue depuis qu'elle était partie en voiture pour une réunion de travail qui devait avoir lieu en ville. Mais comme cette femme venait d'ailleurs, l'enquête avait été confiée aux autorités de sa ville d'origine. Un homme avait également disparu le même jour. Oliver Martensen, le nouveau directeur des archives municipales. Fraichement installé dans ses nouvelles fonctions, il était déjà bien connu des services pour ses séjours réguliers au poste après chacune de ses beuveries qui se terminaient invariablement de la même façon : il vocalisait dans les rues une fois le dernier bar fermé en montrant son cul à ceux qui osaient lui dire de la fermer à cette heure tardive ! Pumpkin ne le regretterait pas trop, même si ce n'était pas un mauvais bougre finalement.

- De toute façon, comme les collègues cherchent déjà la femme, ils jetteront bien un œil pour nous ramener Martensen, disait-il à son jeune adjoint qui s'indignait qu'on les laisse sur le carreau.

- Ça se trouve, ils se sont fait enlever par un serial-killer, chef, ou alors ils se connaissaient et ils couchaient ensemble et ils se sont fait la malle, hein, qu'est-ce vous en pensez, chef ?

Pumpkin n'était pas du genre à échafauder des plans ou à émettre des hypothèses. Il n'avait pas l'imagination suffisamment fertile pour penser à un enlèvement commun ou que ces deux-là s'étaient enfuis main dans la main laissant loin derrière eux leurs petites vies sinistres. Il ne pensait rien du tout d'ailleurs et regardait simplement la pluie glisser sur la vitre de sa portière. Du sucre glace tombait de sa bouche pendant qu'il bâfrait son beignet. Comment s'appelait la femme déjà ? Violaine Pinceau ? Ponceau ? Il avait toujours du mal à retenir le nom des protagonistes des affaires sur lesquelles il travaillait. Et comme il ne travaillait pas sur cette affaire…

Les gouttelettes sur la vitre lui firent penser aux bulles que faisait dans son bocal le poisson rouge de son enfance. Il se demanda alors si son poisson s'était un jour soucié de savoir comment il s'appelait. Pumpkin réalisa qu'il ne se souvenait pas non plus d'ailleurs du nom de son poisson.

Un bon stimulant

La première fois qu'il vit Diana, Mike fut paralysé par sa beauté simple et mélancolique. Il eut subitement envie de la protéger, de l'installer comme un oisillon perdu, dans une petite boite tapissée de coton. Il l'aurait nourrie à la pipette si nécessaire. Il venait à peine de déménager et de reprendre la petite librairie d'Humberstone, lorsqu'il l'aperçut pour la première fois. Il était occupé à arranger la vitrine, quand son regard fut irrésistiblement attiré par une silhouette sur le trottoir d'en face. Elle marchait d'un pas aérien, tel un dirigeable flottant dans les airs. Mais il lui avait semblé que son pas était lent et pesant malgré cette apparente lévitation. Cette vision furtive lui avait laissé un goût de « reviens-y » mais, bien qu'il fut attentif les jours suivants, il ne revit pas la jeune femme passer dans la rue.

De toute façon, l'ouverture récente de la boutique ne lui laissait pas le temps de flâner ni d'observer les allées et venues des passants. L'inventaire du stock de son prédécesseur lui prendrait surement des mois alors qu'il mourait d'envie de dépoussiérer les habitudes des lecteurs de ce bled en leur faisant découvrir tous les ouvrages qui le passionnaient mais qui, d'après ce qu'il avait pu voir dans les rayons, ne correspondait pas tout à fait aux conventions locales ! À moins que les habitants d'Humberstone n'aient besoin que d'un petit coup de pouce pour avoir envie de découvrir de nouveaux horizons littéraires ? Il lui fallait donc mettre en avant ce qui le passionnait en vitrine et sur les étagères. Il pourrait même essayer de faire venir des auteurs pour organiser des rencontres avec les lecteurs. Bref, il avait du pain sur la planche et si le travail ne lui faisait pas peur, il était bien conscient que seul, il aurait plus de mal à tout faire que lorsqu'il faisait partie d'une équipe, dans la librairie où il était employé avant de s'installer à Humberstone. Il ne regrettait cependant pas d'être parti. Son chef lui menait une vie d'enfer et, alors qu'il se sentait enfin mieux depuis qu'il avait repris cette petite librairie, il avait appris que ce crétin de Martensen venait de quitter lui aussi son ancien poste pour occuper de nouvelles fonctions et atterrir comme par hasard dans la même ville que lui ! Qu'à cela ne tienne, Mike gérait sa propre affaire maintenant et l'autre affreux ne viendrait pas lui pourrir l'existence. Certes, le retour de Martensen dans les parages ne l'enchantait guère et lui rappelait de mauvais souvenirs, mais il n'allait pas se laisser démonter pour autant. Ce qui l'étonnait le plus dans cette difficile période qu'il avait vécue, c'est que son échec professionnel avait eu un impact indéniable sur sa perception de lui-même. Lui qui avait réussi à sortir de son adolescence avec une image plutôt bonne de sa personne, il s'était soudain mis à ne plus apprécier son physique le matin face à son reflet dans le miroir de sa salle de bain. Heureusement, son esprit restait clair et il parvint à accorder moins d'importance à ces aspects superficiels en s'accrochant à sa devise : « Le monde n'est finalement pas toujours ce qu'il prétend être ».

Mike continuait donc à s'installer dans son nouveau projet, plein d'entrain. Il repensait de temps à autre à cette apparition dans la rue qui l'avait ému et ce souvenir fugace lui donnait du cœur à l'ouvrage. Un jour qu'il y pensait justement en guettant du coin de l'œil en direction du trottoir opposé, le carillon de la porte retentit et une jeune femme entra. C'était elle. C'était comme rencontrer enfin pour la première fois une idole qu'il aurait aimé approcher depuis des années sans pouvoir imaginer que son rêve puisse un jour se réaliser. Il était à la fois fou de joie et terrorisé. Sa devise ne lui revenait plus et il eut soudain la sensation irrationnelle et incontrôlable que son aspect pourrait rebuter la jeune femme qui pourrait prendre alors la fuite et ne plus jamais revenir. Il la salua donc d'un ton neutre, absent et détaché, faisant mine d'être très occupé. Elle ne sembla pas s'apercevoir de son désarroi et il la laissa feuilleter à sa guise, sans s'occuper d'elle.

Elle partit après un moment en le saluant discrètement, le laissant paralysé. « Quel con je fais ! Elle était juste à côté de moi et au lieu de lui conseiller un bouquin ou au moins lui demander ce qu'elle cherche, je me suis dégonflé ! ». Mike enrageait ! Mais au lieu de se laisser abattre, il se promit d'agir différemment la prochaine fois, si une prochaine fois se présentait, en espérant qu'elle n'ait pas pris son attitude pour du snobisme ou du dédain et qu'elle revienne un jour.

Heureusement, ce jour ne se fit pas trop attendre et la jeune femme revint. Lorsque Mike se sentit suffisamment à l'aise, après lui avoir conseillé quelques ouvrages, il se jeta à l'eau.

- Au fait je m'appelle Mike, et vous ?

- Diana, enchantée Mike !

- Dites Diana, ça vous dirait de déjeuner un midi ?

- Oh c'est très gentil Mike mais je ne sais pas trop, on se connait à peine et heu…

- Désolé si je vous ai brusqué, vous n'êtes pas obligée de dire oui tout de suite, ni de me donner une réponse, enfin je veux dire…

- Ne vous inquiétez pas Mike, je vous répondrai mais là je dois filer, alors à bientôt.

- C'est ça. À bientôt.

Mike espérait que Diana n'avait pas trop perçu dans sa voix la déception qui le terrassait. Il se remémora leur court échange et pensa qu'il avait vraiment été mauvais et qu'il avait tout fichu par terre. Il se remit au travail avec moins d'entrain et les jours suivants lui semblèrent gris et ternes.

Sur les ailes des papillons

Diana avait hésité quelques jours avant d'accepter l'invitation de Mike. Après tout elle n'habitait Humberstone que depuis quelques semaines seulement et elle n'était entrée dans la boutique qu'une ou deux fois pour feuilleter ou acheter un livre. Le libraire lui avait semblé de bon conseil et elle appréciait la douceur de sa voix qui collait parfaitement avec l'ambiance rassurante de la boutique. Mais n'avait-elle pas décidé auparavant de ne plus jamais faire confiance à personne ? Il lui était même arrivé parfois d'imaginer en finir avec sa médiocre existence. Dans ces périodes sombres, elle se voyait alors sauter dans le vide depuis une falaise très haute ou un immense immeuble, descendre en chute libre, puis flotter un moment, comme portée par le flot de centaines de papillons. Elle ne se représentait jamais la fin, sans doute par pudeur, ou parce qu'elle s'évanouissait à la vue de la moindre goutte de sang ! Et puis il y avait toujours dans son entourage une personne suffisamment importante à ses yeux pour qu'elle se refuse à lui offrir le spectacle de son corps démembré, baignant dans une flaque rouge sombre au pied d'un immeuble ou écartelée aux cimes des arbres poussant au pied du précipice depuis lequel elle se serait jetée désespérée. Elle se complaisait parfois de longues périodes à ruminer de tels instants peuplés d'idées noires, y trouvant un certain plaisir romantique et, après avoir laissé passer un moment où elle se sentait surnager dans une sorte de bulle cotonneuse, elle retrouvait un goût redoublé à profiter des bonnes choses de la vie.

Elle sortait justement d'une de ces périodes troubles lorsque Mike lui avait proposé de déjeuner et au bout de quelques jours de réflexion, elle pensa que l'origine de sa perte de confiance remontait peut-être à suffisamment longtemps. « Il est sans doute temps ma vieille de reprendre un peu confiance en toi ! Et puis, qu'est-ce que tu risques à accepter une invitation à déjeuner au café du coin ? ». Elle se souvenait de la première fois qu'elle était passée devant la librairie. Elle se sentait abattue, seule dans cette ville où tout était nouveau pour elle. Elle ne connaissait encore personne et se demandait si elle finirait un jour par rencontrer de nouveaux amis sur qui compter et pour qui elle serait là en retour si jamais ils en avaient besoin.

Cette rue dans laquelle elle marchait ne lui apportait aucun réconfort. Elle ne s'intéressait pas aux bâtiments bas qui la bordaient ni aux quelques piétons qui évoluaient sur les trottoirs, certains pressés, avançant seuls vers des rendez-vous surement importants, d'autres déambulant nonchalamment par deux. Elle ne remarquait pas plus les voitures qui roulaient lentement sous le soleil doux du matin et elle avançait perdue dans ses pensées, lorsque son regard avait été attiré par la devanture colorée de la librairie.

La façade tranchait avec les murs ternes qui l'entouraient et son œil avait été un instant absorbé par les gestes délicats d'un homme qui rangeait des livres dans la vitrine. Elle avait tourné la tête au moment où elle l'avait vu relever le nez de son travail et elle avait senti que son regard s'attardait dans sa direction. Se sentant observée, elle avait continué sa route, tiraillée entre la gêne et la flatterie qu'elle éprouvait à l'idée d'être l'objet d'une quelconque attention. Dans le doute, elle n'était pas revenue avant longtemps dans le quartier.

Puis, n'ayant plus rien à lire, elle s'était souvenue de la librairie et ses pas avaient retrouvé le chemin comme si la boutique faisait partie de ses lieux de prédilection depuis toujours. Ce jour-là, le libraire semblait très absorbé dans son travail et l'avait à peine regardé. Elle avait apprécié cette discrétion pleine de tact respectueuse de son intimité. Elle se sentait libre de fureter dans la boutique sans que le vendeur ne vienne l'importuner. La fois suivante elle l'avait trouvé très prévenant lorsqu'il avait pris le temps de lui présenter quelques ouvrages qui pourraient lui plaire. Ils s'étaient alors présentés et Mike lui avait fait cette proposition. Son corps c'était mis à pétiller et à la fois flattée, excitée et surprise, elle n'avait pas pu lui répondre en direct. Elle regrettait de ne pas lui avoir dit oui tout de suite, de peur qu'il change d'avis plus tard.

Elle avait tout de même tardé à donner sa réponse définitive au libraire, tournant autour du pot, lui commentant un jour le dernier roman qu'elle avait lu, une autre fois faisant mine de ne pas le voir, feuilletant un ouvrage sans vraiment le lire, pour finalement, dans un murmure gêné, annoncer à Mike que si sa proposition tenait toujours elle voulait bien déjeuner un jour avec lui. Mike avait accueilli la nouvelle avec un large sourire et pour éviter qu'elle n'ait le temps de changer d'avis, avait déclaré un peu plus fort qu'il ne l'aurait voulu peut-être, comme s'il s'agissait du repas du siècle : « Super ! Alors on se retrouve ici demain midi quand je ferme la boutique ? »

Le goût des néons

La salle à manger du restaurant était bondée et ils durent attendre un peu qu'une table se libère. Ils auraient eu envie de déjeuner en terrasse sans cette pluie fine balayée par une légère bise qui trempait tout sur son passage. Après avoir échangé quelques banalités avant le repas, Mike avait demandé à Diana comment elle avait atterri à Humberstone. Il avait ainsi ouvert la boite de Pandore et Diana, non sans s'excuser régulièrement de monopoliser la conversation, s'était lancée dans un monologue et lui avait exposé ses malheurs en détail, surprise elle-même par la facilité avec laquelle elle se livrait à cet homme qui n'était finalement qu'un inconnu.

- Je fuyais une situation trop douloureuse pour moi. Je m'étais investie avec plaisir dans un nouveau boulot. Je le faisais plutôt bien et mes supérieurs ne se cachaient pas pour dire du bien de moi. Puis j'ai eu moins de temps pour faire plus de travail. Je continuais à faire de mon mieux mais il m'arrivait de ne pas pouvoir tout faire à temps, voire de faire quelques erreurs ou d'oublier certaines tâches. Et comme par hasard, je délaissais souvent ce qui m'ennuyait le plus ! Oh, jamais rien de grave, aucune vie n'était en jeu. Comme me disait souvent une collègue à l'époque « On bosse quand même pas à l'ONU ! ». Malheureusement, ma chef de service ne semblait pas l'entendre de cette oreille. Les félicitations et les encouragements ont commencé à se faire rares. Puis les marques de reconnaissance ont cessé, même pour les actions que je continuais à mener avec efficacité. Ceux qui bénéficiaient de mes services continuaient pourtant à reconnaitre mes talents et à m'encourager à faire mon travail aussi bien, mais Violaine Poinçot - quelle prénom affreux, non ? a commencé à souligner régulièrement mes erreurs, puis à me les faire remarquer de façons de plus en plus humiliantes. Elle est allée jusqu'à me traiter d'incompétente !

J'étais d'autant plus révoltée que j'avais remarqué qu'elle menait ce petit manège avec certains collègues et j'avais beau tenter d'intervenir, elle les traitait toujours aussi mal. Jamais je n'aurais pensé qu'elle s'en prendrait à moi. Je trouvais cette situation vraiment injuste et j'étais déstabilisée par sa perversité. J'ai tenté d'alerter mon directeur mais il m'a répondu : « Ma petite Diana, vous savez très bien que Violaine a toute ma confiance. Vous venez d'intégrer l'équipe, laissez-vous le temps de vous faire aux habitudes de la maison. » Et, alors que j'insistais un peu trop à son goût, il a ajouté : « Écoutez Diana, nous en reparlerons si nécessaire mais n'oubliez pas que le dernier arrivé à toujours tort ! ». J'étais dégoutée…

Mike comprenait, il acquiesçait d'autant plus qu'il avait lui aussi été victime du harcèlement d'un supérieur. Mais il choisit de garder son témoignage pour plus tard et reprit son écoute attentive. Il trouvait Diana passionnée et passionnante. Assis à une table voisine, son air charmé n'aurait pu vous échapper. L'air inspiré de la jeune femme vous aurait d'ailleurs surement fasciné tout autant. Diana poursuivit son récit.

- Je n'ai pas résisté longtemps au harcèlement de ma chef et je suis tombée dans une dépression inavouée, solitaire. Je ne voulais embêter personne avec mes soucis. Mais Violaine Poinçot devenait une obsession qui ne me quittait plus. Je ne parvenais plus à prendre la distance qui m'aurait permis de supporter la situation je pense. J'ai commencé à perdre confiance en moi, à douter de mes qualités. Les petites manœuvres sournoises de Violaine Poinçot étaient bien rodées et au bout de plusieurs mois passés à supporter son jeu vicieux, je n'étais plus du tout en mesure de l'affronter. Il ne me restait plus qu'à fuir cette situation insupportable, mais j'aurais aimé le faire avec panache ou au moins ne pas devoir partir comme une malpropre.

Or, comme je n'avais plus la force de m'opposer à ma chef, je me sentais complètement impuissante.

Un jour j'ai senti que je pétais les plombs ! J'ai eu peur de faire une bêtise. J'étais au bord du gouffre, alors j'ai couru à l'hôpital. J'ai vidé mon sac. Je ne devais pas être très claire ni très cohérente et comme les internes ne semblaient pas trop comprendre ce que je leur racontais, j'ai fini par m'énerver. Ils m'ont injecté un tranquillisant pour me calmer. Je me souviens encore de l'abandon que j'ai ressenti lorsque le produit a commencé à faire effet. J'avais l'impression de quitter mon corps. Je ne voyais plus vraiment la pièce blanche et froide où je me trouvais. J'avais le sentiment que plus rien ne m'appartenait et pourtant d'être en tout ce qui m'entourait. J'aurais pu alors décrire le goût des néons. Puis je me suis endormie. À mon réveil, un psychiatre me regardait avec douceur et m'a déclaré que tout allait bien se passer maintenant. Il m'a prescrit un traitement qui m'a installée dans une sorte de cocon pendant quelques semaines. Il m'a reçu régulièrement pendant les mois suivants pour m'aider à éclaircir la situation et je me suis remise au travail avec une meilleure capacité à affronter les difficultés quotidiennes et les pièges que me tendait Violaine. Malgré tout, la situation était toujours aussi difficile.

À l'évocation de ces souvenirs douloureux, Diana avait les yeux qui s'embuaient. Elle but une gorgée d'eau, appréciant au passage l'écoute silencieuse de Mike qui la regardait avec compassion.

- Personne n'a rien su de toute cette histoire. Comme je n'avais jamais noté les détails des évènements précis que m'avaient fait subir ma chef et comme je ne voulais pas me lancer dans une bataille qui me semblait perdue d'avance – je me sentais encore trop faible pour m'engager dans une procédure pour faire reconnaitre cette situation de harcèlement – j'ai décidé de démissionner. Même si je trouvais cette décision injuste, j'étais soulagée. J'ai essayé d'oublier ma douleur, de m'en éloigner le plus possible et c'est comme ça que j'ai atterri ici. Mais à mesure que j'allais mieux, je sentais sourdre en moi une haine qui allait s'installer pour longtemps. J'étais plus basse que terre. Quelle naïve j'ai été de croire que tout s'arrangerait de soi-même et que je pouvais me fier à Violaine comme elle pouvait compter sur moi ! J'étais persuadée que je ne retrouverai jamais confiance en moi et qu'il me serait désormais difficile de me fier à d'autres que moi. La perte de ces qualités me torturait. Je me sentais aussi mal dans ma peau qu'une adolescente qui vient d'être trahie par sa meilleure amie. J'aurais aimé faire souffrir Violaine autant qu'elle m'en avait fait baver. J'étais prête à payer quelqu'un pour qu'il lui fasse la peau !

Le serveur apporta les cafés et Mike interrompit pour la première fois Diana. À l'écouter, ses propres souvenirs refaisaient surface et il sentait la moutarde lui monter au nez. Avec un petit sourire en coin et une voix d'acteur de cinéma, il déclara :

- Je volerais bien à ton secours, je voudrais que justice soit faite. J'aimerais te venger. J'aimerais nous venger, car moi aussi j'ai souffert. Je voudrais que ces fumiers payent, enfiler mon costume de super-héros... mais, malheureusement, il est au pressing !

- Merci Mike de prendre la chose avec humour ! Ça me fait du bien de me sentir soutenue.

Séduite par cette idée d'être sauvée par un preux chevalier, Diana sentit monter en elle un doux frisson qu'elle n'avait pas ressenti depuis longtemps.

À cet instant le serveur apporta l'addition et, en rassemblant ses affaires en hâte, Diana s'exclama :

- Déjà ?! Je n'avais pas vu l'heure passer... Quelle bavarde je fais ! Je dois filer, je suis en retard. Pour me faire pardonner, je t'invite à dîner ce soir et cette fois c'est moi qui t'écouterai. 20h chez moi, ça te va ? L'adresse est sur ma carte.

Elle lui tendit le petit carton et s'enfuit, laissant Mike à ses rêves de justicier. Dehors il avait cessé de pleuvoir mais le ciel restait lourd et les rues miroitaient sous la course lente des nuages.

Le soir, ils n'attendirent pas la fin de l'apéro pour tomber dans les bras l'un de l'autre et sans se soucier que le Chardonnay chauffe dans leurs verres, ils laissèrent leurs corps s'abandonner. Tels deux lianes s'entremêlant, leurs peaux firent connaissance avec douceur. Leurs mains s'exploraient l'un l'autre comme le vent fait onduler les feuillages de son souffle chaud. Les paupières mi-closes, le regard flirtant avec une autre dimension, ils se firent abeilles, butinant de fleur en fleur, se délectant du nectar de leur intimité. Leurs âmes se rejoignirent enfin, fondant l'une dans l'autre, d'abord lentement, presqu'à l'arrêt, semblant figées dans le cône d'un sablier arrêté. Puis le flot reprit, allant et venant au gré d'un courant puissant, les emportant sur des vagues géantes de plaisir. Leurs souffles se croisaient, se multipliaient, s'imbriquaient, s'étouffaient, se soutenaient dans un duo hypnotique. Leurs peaux ruisselaient, s'inondant l'un l'autre. Il leur semblait flotter sur des effluves de lumière acidulée. Diana sentait qu'elle allait défaillir, elle fut saisie de frissons puis de tremblements et Mike poussa un ultime râle en s'effondrant sur elle, la laissant comme échouée sur un rivage isolé ou le ressac la couvrait puis la découvrait dans une délicieuse sensation de bonheur exténué. Ils demeurèrent ainsi un long moment avant de retrouver leur enveloppe charnelle et de reprendre conscience de la présence de l'un à côté de l'autre. Surpris tous deux par cette rencontre inattendue et si bienfaisante, ils ne parlèrent pas. Ils sombrèrent dans un sommeil léger puis leurs corps se rencontrèrent à nouveau et ils se rassasièrent d'une nouvelle exploration de leurs terres inconnues. Cette nuit-là, ils se retrouvèrent plusieurs fois sur les rivages de leur extase, chaque fois caressés, longtemps encore après l'explosion de leurs sens, par le ressac de l'amour auquel leurs corps s'étaient livrés avec un appétit sans cesse renouvelé.

Amer méprise

Le sergent Pumpkin roulait à bord de son vieux pick-up Chevrolet de service sur une petite route qui traversait la forêt. Les rayons du soleil perçaient le feuillage tendre des hêtres et les éclaircies plus fréquentes mettaient Pumpkin de bonne humeur. Les forces de police avaient organisé des rondes autour de la ville et sur le trajet que les deux disparus avaient dû emprunter pour s'y rendre. N'étant pas assez nombreux pour couvrir toute la zone et comme les médias se désintéressaient complètement de l'affaire en ce début de campagne présidentielle, les deux disparus ne bénéficieraient d'aucun traitement de faveur et aucun renfort ne viendrait appuyer l'équipe de ses collègues du comté voisin. Ils avaient donc quand même fait appel à lui et à son adjoint pour sillonner son territoire. On lui avait attribué le secteur nord et il faisait son boulot d'observateur sans trop y croire, lorsqu'il croisa un pick-up. Il vit dans son rétroviseur le véhicule bifurquer dans un chemin qu'il n'avait pas remarqué. Son sang ne fit qu'un tour ! Les paroles de son chef à l'école de police lui revinrent en mémoire : « Un homme seul au volant d'une voiture en pleine nature n'est jamais tout à fait innocent, il a forcément quelque chose à cacher. »

Cette fois, il le tenait son suspect. Il allait enfin faire aboutir une enquête. Il fit demi-tour et s'engagea prudemment sur le chemin de terre qu'avait emprunté son suspect un instant plus tôt. Il prit la précaution de vérifier que le véhicule n'était plus en vue puis avança lentement, s'enfonçant dans la forêt. Le sous-bois était frais et l'humus envahissait l'air de ses effluves. La piste décrivait de douces courbes au milieu des arbres qui couvraient de petites collines. Au bout de quelques kilomètres la forêt laissa place à un lac qui miroitait en contrebas. Une cabane était installée sur la rive et le véhicule était garé tout près. Les disparus étaient certainement enfermés dans la cave. Le sergent savait qu'il ne pouvait appréhender seul le suspect. Il rebroussa donc chemin et décida de l'attendre à l'entrée de la piste. Il le suivrait alors pour l'identifier et le surveiller de près. Il pourrait également revenir examiner la cabane de plus près lorsque le suspect n'y serait pas. Il pourrait alors libérer les deux otages. Il était fier de ce plan, il allait enfin pouvoir conclure une affaire. Il en était à ces réflexions, lorsque son suspect s'engagea de nouveau sur la route.

Pumpkin le suivit à distance mais au bout d'un moment l'auto accéléra. « La guigne ! Il a dû me repérer ! ». Pumpkin accéléra à son tour. L'auto devant lui redoubla de vitesse. Le sergent appuya plus fort encore sur l'accélérateur. Les deux voitures allaient aussi vite qu'elles le pouvaient. Les moteurs ronflaient. Les pneus crissaient. Les chauffeurs étaient concentrés. Ils enchaînaient les virages à fond de train. Parfois les trains arrière chassaient sur des graviers. Il arrivait même que les véhicules survolent un peu la route dans les lignes droites lorsqu'ils rencontraient une bosse. L'écart se réduisait ou s'allongeait selon la dextérité des pilotes. Pied au plancher, Pumpkin gagnait cependant du terrain. Il pouvait maintenant apercevoir un visage dans le rétroviseur de la voiture du suspect. Il accéléra encore. Le fugitif suait à gros bouillon et ne cessait de regarder dans son rétroviseur. Il ne vit qu'au dernier moment un trou qui barrait la route. La voiture fit une embardée, loupa un virage et finit dans un talus de sable. Pumpkin freina brusquement et sortit de son pick-up l'arme pointée sur la voiture du suspect.

- Main en l'air ! Police !

Le suspect marmonna quelque chose dans l'airbag qui lui couvrait le visage. Pumpkin l'aida à se dégager.

- Ha mais vous êtes flic ?!!! Vous auriez pu mettre les gyrophares, je vous ai pris pour un de ces pirates de la route... vous m'avez filé une de ces frousses ! Vous avez failli me tuer !!!

- Vous avez le droit de garder le silence. Tout ce que vous direz pourra être retenu contre vous !

- Mais j'ai rien fait bon sang ! Aidez-moi plutôt à sortir ma voiture de là !

Pumpkin se ravisa. Et s'il se trompait ?

- Vous vous appelez comment ?

- Mike.

- Bon. Ecoutez Mike, voilà ce que je vous propose : je vous accompagne à la cabane d'où vous sortez, vous me faites visiter, je vous dépose au poste pour quelques formalités d'usages et j'envoie une dépanneuse pour vous rapporter votre voiture. Ça vous va ?

- Ai-je vraiment le choix...

Les deux hommes s'étaient donc rendus à la cabane. Mike avait fait visiter les lieux à Pumpkin. Tout semblait normal. Le chalet en rondin était quasiment vide. Mike précisa qu'il venait de l'acquérir pour s'offrir un peu de détente en péchant à bord d'une petite barque sur le lac. La cabane contenait donc un lit, une table, un placard où Mike rangeait ses affaires de pèche. Bref, du mobilier simple, posé à même le plancher de bois et faiblement éclairé par une petite fenêtre. Mais pas de cave ! Pumpkin était dégoutté. Pourvu que Mike ne porte pas plainte !

Il le raccompagna avec tous les égards dus à un innocent et en s'asseyant sur son fauteuil de bureau, il se sentit aussi épuisé que le faux cuir des accoudoirs. Son affaire n'avançait pas et il n'en verrait sans doute jamais le bout.

Confettis et ballons

Mike et Diana ne se quittèrent plus à partir de cette fameuse nuit. Diana vida le petit appartement qu'elle louait depuis son installation à Humberstone pour venir s'installer dans celui de Mike. Ils arrangèrent leur petit nid douillet et Mike ne tarda pas à proposer à Diana de l'épouser. Cette fois elle accepta immédiatement et ils se mirent à imaginer la fête. Il y aurait des ballons et des confettis, peu d'invités mais beaucoup de musique. Les projets allaient bon train. Dès que Mike revenait du travail, ils se retrouvaient pour partager de merveilleuses extases puis après un frugal repas planifiaient leur avenir. Mike possédait également une petite cabane au bord d'un lac où ils se rendaient de temps en temps pour de douces balades romantiques. Une opportunité s'offrit bientôt à eux pour acheter un joli petit pavillon qu'ils aménagèrent de la cave au grenier pour qu'ils soient prêts à intégrer leur foyer pour la nuit de noces. Le jour J arriva mais ne fut pas tout à fait tel qu'on aurait pu l'imaginer.

Pumpkin, quant à lui, pédalait vraiment dans la choucroute et, même s'il avait eu une once de flair, il n'aurait rien reniflé dans cette purée de pois où il se perdait depuis maintenant plus d'un mois. Il venait d'arriver au bureau, un peu tard ce matin-là et commençait à ressentir le soulagement qui l'envahissait à chaque fois qu'il classait une affaire non résolue faute de preuve ou du moindre petit indice qui aurait pu le mettre sur une piste, quand le téléphone sonna. C'était son adjoint qui lui annonçait que les deux disparus avaient été retrouvés. Il était déjà sur place, avait installé un cordon de sécurité et l'attendait pour procéder aux relevés et interrogatoires habituels.

Pumpkin avait déjà vu pas mal de trucs pas très joyeux au cours de sa carrière mais là, il eut du mal à réprimer un haut le cœur face à la scène qui s'offrait à lui en arrivant au lieu indiqué par son adjoint. Deux corps gonflés flottaient nonchalamment dans le ciel bleu, retenus par un filin attaché aux branches d'un cerisier en fleur ornant la pelouse de la maison qu'avaient acheté Mike et Diana. D'immondes posters étaient exposés sur le trottoir, mettant en scène les corps dépecés des deux pauvres victimes dans des positions toutes plus indécentes et obscènes les unes que les autres. Pour couronner le tout, une banderole barrait la façade du pavillon et portait une inscription en lettres de sang : « Vive les mariés ! ».

Les policiers décrochèrent avec précaution les deux immondes baudruches et couvrirent méticuleusement les posters sous l'œil apparemment consterné de Diana. Un court instant son regard croisa l'œil vide de Violaine Poinçot. La pupille de la pauvre suppliciée refléta le visage de Diana qui, le temps d'un battement de cil, sembla esquisser un sourire satisfait. Elle s'appuya sur le bras de Mike qui l'aida à monter les marches du perron, tous deux précédés du sergent Pumpkin qui souhaitait prendre leur déposition. Personne ne sembla remarquer que Mike sifflotait. Un léger souffle de vent détacha quelques pétales du cerisier qui vinrent voleter jusqu'au perron et se poser sur les épaules des deux amants avant que la porte ne se referme derrière eux.

RACINES

Acte 1

Je m'appelle Nirré. J'ai quatre-vingt-trois ans, pas si vieux pour un individu de mon espèce. Je suis né sur les pentes abruptes de la cordillère des Andes, au sud du Chili, là où la montagne épouse l'océan. J'ai déroulé mon enfance au bord d'un fjord patagon au relief couvert de brume, légère écume oubliée par le ressac, accrochée aux branches de la luxuriante forêt qui m'a vu naître. Jusqu'à vingt ans j'ai vécu au fil des saisons. Chaque année, je me laissais bercer par les histoires que m'apportait le vent l'été. Je m'habillais de velours chatoyants l'automne. Je m'endormais couvert de neige l'hiver. Au printemps, je ne me lassais pas d'être inondé de pluies fraîches, puis séché par les doux rayons de soleil traversant les feuillages tendres. Cela aurait pu continuer ainsi jusqu'à ma mort sans que j'en souffre jamais. Mais un jour, j'ai découvert que je pouvais voyager. Depuis, je n'ai plus cessé !

Mes premiers pas m'ont naturellement poussé à ne pas trop sortir de mon milieu. J'ai donc mis cap au sud et suivi la longue colonne vertébrale sud-américaine et j'ai rendu visite à des cousins au sud du sud, dans un pays de glace et de feu. Là, au bord d'un immense champ de glace, je me suis arrêté, stoppé par une muraille émergeant des étendues glacées, une large montagne plus froide encore que ce paysage figé, hérissée de pointes acérées évoquant une mâchoire puissante : Torres del Paine. Au pied de Los Cuernos, j'ai pleuré, face au spectacle désolant de mes frères décimés.

Silhouettes fantômes
Troncs noueux
Peaux cuivrées
Écorces calcinées

Squelettes blanchis par la flamme
Votre ultime souffle figé dans une expression d'éternité
Je vous pleure
Ô candélabres oubliés
Pauvres victimes
D'une maladresse désolée
Révélant au monde votre infinie beauté

Il m'était impossible de m'attarder dans cet enfer. J'ai donc poursuivi mon voyage et heureusement, j'ai pu passer la nuit dans un brin de forêt douillet dont la forme des arbres évoquait un jardin d'arbres nains. Leurs feuilles, petites et finement dentées, portées en plateau par des branches noueuses commençaient pour certaines à annoncer l'arrivée prochaine de l'automne.

Le spectacle de la veille m'avait traumatisé bien sûr et marqué pour toujours mais il m'avait aussi alerté sur la nécessité d'être prudent. En effet, n'ayant croisé aucun autre voyageur parmi mes semblables, il m'est venu à l'idée que j'étais peut-être le seul et qu'il pouvait être risqué de dévoiler ma singularité. J'ai alors décidé que désormais je voyagerais de nuit et je suis resté un jour de plus dans ce bosquet hospitalier.

La nuit suivante, j'entrepris de traverser la Pampa argentine. Étant bien moins escarpée que la cordillère, je pensais avancer plus vite et ne pas faire de mauvaise rencontre de nuit, perdu au milieu de ces vastes étendues, je passerais sûrement inaperçu. Cette longue balade nocturne fut l'occasion de croiser mes ancêtres. Des géants pétrifiés gisant au milieu du désert, aux allures de longs rochers à peau de cuir. En me penchant sur leurs silhouettes, je saisis leur histoire. Il y a des millions d'années, des forêts avaient été balayées par de phénoménales tempêtes et les colosses avaient été couchés au sol avant d'être recouverts de lave. Cette nuit-là, les volcans étaient éteints mais le vent se levait et je n'avais pas intérêt à m'attarder dans les parages si je ne voulais pas être cloué au sol puis victime du même lent processus de momification que mes arrière-grands-parents !

Je repris donc ma route et retournais savourer l'intimité des montagnes. Je continuais cependant quelques temps de mâchouiller à contrecœur l'épaisse solitude de la Pampa. Ennuyeuse à souhait. Longtemps avant de regagner le relief je supportais d'interminables nuits de voyage en lignes droites. En chemin je glanais les effluves de conversations de quelques acacias me confirmant que cet environnement hostile n'était pas sûr et que j'aurais intérêt à ne pas m'y attarder. Des années plus tard j'ai eu tout le loisir d'apprécier la richesse, la diversité et les couleurs du Sahara. En attendant, la Pampa me révélait toute sa triste personnalité : rêche, unie, terne. Rien ne vaut le toucher soyeux du sable sous les pas ! Les épines de la Pampa ont tout à lui envier et j'étais heureux lorsque j'abordais enfin la forêt amazonienne…

Mais mon histoire pourrait être longue encore et tu es sans doute épuisé. Adosse-toi à moi et repose-toi. Ton voyage aussi semble avoir été long.

***

Sylvio s'endormit sereinement, heureux d'avoir enfin trouvé un ami sur qui compter. Son sommeil fut agité de souvenirs qui ne lui revenaient pas. Contrairement à Nirré, il ne savait pas où il était né. Des images sans adresses ni saisons se heurtaient dans son esprit. Un arbre isolé dans une plaine balayée par le vent. Un océan de blés ondulant sous les rafales. L'arbre, un noyer, balançant son houppier dans une étrange chorégraphie. Un mirage chassait l'autre. Il survolait en sanglot les restes d'une montagne, lacérée par l'érosion. Le relief avait été jadis couvert de sapins verts dont il ne restait plus que les branches nues, brûlées par des pluies acides. Cette nuit-là, ses rêves étaient pourtant plus doux. D'habitude, les cauchemars s'enchainaient. Il se réveilla d'ailleurs de bonne humeur, soutenu par l'image rassurante de son dernier rêve où il s'assoupissait, étendu sur un matelas de mousse, les paupières reflétant en vitrail les jeux des rayons du soleil dans les hautes branches d'une canopée étonnamment colorée.

La veille, au petit matin, alors qu'il dormait sur un lit de feuilles, bordé par les rassurantes racines d'un vieux chêne, Sylvio avait été réveillé par des pas glissant dans la forêt. Intrigué, il avait ouvert un œil et avait dû retenir un cri de surprise en voyant un hêtre avancer lentement, d'un pas rythmé, comme inspiré par une sourde samba, et prenant soin de ne pas emmêler ses branches aux autres arbres près desquels il passait. Le pas chaloupé de l'arbre lui rappelait la marche saccadée de son vieux père. Les promenades du vieil homme se faisaient plus rares vers la fin de sa vie et il avançait tel un funambule suspendu sur le fil de l'existence, au-dessus du vide de la mort qui l'attendait, avide, impatiente de le compter parmi ses victimes, toujours amusée par le spectacle d'un acrobate perdant enfin l'équilibre à son profit. L'arbre, quant à lui, semblait sûr de lui et continuait sa marche souple vers un but inconnu. Sylvio retint son souffle et lorsque l'arbre fut à bonne distance, il décida de le suivre. Il rassembla tout son savoir-faire de braconnier pour ne pas se faire repérer et put le suivre un long moment jusqu'à ce que l'arbre s'arrête. Les rayons du soleil commençaient à caresser les feuillages et Sylvio eut l'impression d'entendre le hêtre pousser un soupir avant de s'immobiliser tout à fait. Un moment passa encore sans que personne ne bouge. La forêt s'éveillait au son du chant des oiseaux et Sylvio attendit encore un peu avant de s'approcher du hêtre. C'était un arbre tout à fait normal. Il se tenait là, parfaitement immobile, comme s'il y avait toujours été. Pourtant, les traces encore fraiches au sol trahissaient son installation récente. Cet arbre n'était par ailleurs pas tout à fait semblable aux autres hêtres de cette forêt. Ses feuilles n'avaient pas tout à fait la même forme. Son écorce aussi était différente. Sylvio n'en croyait pas ses yeux, mais il devait se rendre à l'évidence, il avait bel et bien vu cet arbre marcher et visiblement il n'était pas d'ici. Il décida de faire mine de partir, puis s'installa à distance raisonnable pour pouvoir observer l'arbre sans que celui-ci ne s'en aperçoive. Il ne quitta pas son poste d'observation de la journée. Habitué à rester à l'affût pour traquer du gibier, Sylvio ne s'inquiétait pas de la course du temps et comme il lui restait quelques petites choses à grignoter dans les poches, il eut tout le loisir d'observer cet hêtre étrange sans avoir à le quitter des yeux. L'arbre l'intriguait. Comment pouvait-il bouger ? D'où venait-il ? Sylvio avait beau fouiller dans sa mémoire, il n'avait jamais vu de hêtre de cette espèce.

Le soir tombait lorsque Sylvio vit le hêtre frissonner, puis étirer ses racines une à une avant de se déplacer de nouveau, comme il l'avait vu faire le matin. Il le laissa prendre un peu de distance puis poursuivit sa piste. La poursuite, à la lenteur du pas de l'arbre demandait de sérieux efforts au braconnier habitué à chasser des gibiers plus rapides. Sylvio prenait garde à ne pas se montrer ni se faire entendre du hêtre et le suivit ainsi sans se faire repérer pendant une grande partie de la soirée. L'arbre semblait se diriger avec une intention claire qui échappait à son poursuivant. Il s'arrêta un instant à l'orée d'une clairière, sembla surveiller à droite, à gauche, vérifier que rien ne venait. Il paraissait tendre l'oreille pour s'assurer que la clairière et ses alentours étaient bien tranquilles. Puis, il poursuivit sa route et s'arrêta en plein milieu de l'espace ouvert, inondé des derniers rayons de soleil. Sylvio vit alors l'arbre s'ébrouer. Quelques feuilles tombèrent. Il s'inclina, face au couchant, la pointe de ses branches les plus hautes frôlant alors le sol. Il étendit ensuite ses racines, courba son tronc vers le haut puis vers le bas et se redressa lentement jusqu'à pointer l'extrémité de ses branches comme s'il voulait chatouiller les nuages. Il reprit l'enchaînement de ces mouvements plusieurs fois avant de s'immobiliser et d'orienter toutes ses feuilles de sorte qu'elles reçoivent un maximum des derniers rayons lumineux. Au bout d'un moment, où Sylvio eut tout le loisir d'identifier les oiseaux qui chantaient encore alentour, le hêtre se remit en marche toujours dans la même direction, sans évidence pour Sylvio. Ce dernier appréciait cette poursuite d'un nouveau genre pour lui, tout à fait exaltante, et sans doute parce qu'il se rendit compte de l'état d'excitation dans lequel il était et que sa concentration fut moindre un instant, il ne s'aperçut pas que la brindille sur laquelle il posa le pied n'avait pas la souplesse suffisante pour supporter son poids. Le bois craqua imperceptiblement mais suffisamment pour que le hêtre l'entende et se retourne, laissant à Sylvio le loisir de remarquer pour la première fois ses deux yeux lumineux en amande.

Le hêtre faisait face à Sylvio et ne bougeait plus. Ses yeux avaient disparu. Sylvio s'approcha, très impressionné mais incapable de résister à l'envie de s'approcher. Il n'était pas sûr de se mouvoir encore de son propre chef, il se sentait attiré, magnétisé et lorsqu'il fut proche de l'arbre mais à distance suffisante pour le voir entièrement, il entendit la voix de l'arbre pour la première fois. Une voix caverneuse, à l'écho rappelant la vibration d'une contrebasse.

- Pourquoi me suis-tu ?

- …

- Et bien ! Tu ne parles pas ? Es-tu un homme ?

- Excuse-moi mais tu es le premier arbre que je rencontre qui marche. Et en plus tu parles !

- Et alors, toi aussi tu marches et tu parles !

- Oui mais moi je suis un humain ! Les arbres ne marchent pas et ne parlent pas.

- Ça dépend…

Et Nirré poursuivit en expliquant à Sylvio que sa mère était une femme extraordinaire qui échangeait de l'énergie avec tout ce qui l'entourait. C'est ainsi qu'elle avait rencontré son père, un hêtre multi centenaire avec qui l'échange avait été tel que quelques mois après leur rencontre, Nirré était né ! Il avait d'abord été choyé par ses parents les premiers mois de son existence avant qu'ils ne décident que, pour le bien de tous, il était sans doute préférable qu'il vive parmi ses semblables comme un arbre normal.
- Mais si tu permets, ajouta Nirré, avant de poursuivre les présentations, je te propose de continuer cette conversation sans parler, tu devrais y arriver, si tu m'écoutes, je t'entendrai. Tu verras, c'est plus confortable, on se fatigue moins et on échange plus d'informations, de sensations, on perçoit mieux certains concepts.

C'est ainsi que Nirré, par télépathie, expliqua à Sylvio que sa mère était repartie dans le monde des hommes, le laissant sous la surveillance de son père et des autres membres de sa famille proche. Puis Sylvio lui raconta son histoire à son tour.

***

Le jeune homme n'eut pas besoin de se présenter, Nirré avait déjà saisi son prénom. Sylvio n'eut qu'à se remémorer sa vie depuis son enfance pour que l'arbre découvre qu'il ne se souvenait pas de ses parents naturels et qu'il avait été élevé par un vieux forestier et sa femme qui vivaient à l'orée d'un bois bordé de prairies vallonnées. L'enfant avait très tôt appris à connaître de nombreuses plantes et animaux dont ses parents adoptifs le nourrissaient la plupart du temps. Nirré reconnaissait en lui le chasseur et ses talents de pisteur. Il n'était pas étonné que le jeune homme l'ait débusqué alors que rares étaient les hommes qui perçaient son secret. Il revécut avec lui certaines de ses plus belles traques. Sylvio se souvenait du premier lapin qu'il avait réussi à attraper après une longue course poursuite. Tel un fin limier, l'enfant avait senti l'animal avant de l'entendre. Il s'était alors rendu invisible autant que possible et avait bondi sur le lapin dès qu'il était passé à proximité. L'animal avait décrit un virage en sautant à l'opposé et Sylvio était tombé en roulade, rebondissant sur une racine. Déjà sur les pattes du lapin, le chasseur avait découvert qu'il était plus rapide à quatre pattes et malgré les zigzags de sa proie, Sylvio était parvenu à lui attraper une patte arrière au moment où la petite bête passait le museau dans son terrier. Aussitôt, comme le lui avaient montré ses parents, il avait dévissé la tête du corps de l'animal et avait été envahi par un sentiment de compassion et de gratitude. Il était ravi de cette première prise et l'avait rapportée fièrement chez ses parents. Un pressentiment étrange l'avait saisi à l'approche de la maison et lorsqu'il poussa la porte, il manqua s'évanouir en découvrant ses parents, sans vie. Un frisson parcourut l'écorce de Nirré, des branches aux racines, en recevant en flash les images morbides de ce souvenir macabre profondément enfoui dans la mémoire de Sylvio. Quels êtres pouvaient être assez barbares pour perpétrer un tel massacre ? L'enfant s'était enfui pour ne plus jamais revenir. Nirré avait quelques difficultés à suivre le fil des pensées de Sylvio. Le jeune homme, peu habitué à converser par la pensée, s'était endormi et ses souvenirs étaient entrecoupés de cauchemars.

Nirré voyait Sylvio, enfant, courir dans un dédale de galeries souterraines. La sensation d'une haleine sur sa nuque, des pas lourds à ses trousses. L'arrivée à tâtons dans un cul de sac. Demi-tour. L'échappatoire en se jetant sous les jambes de son poursuivant. Nouvelle course folle, sans idée de l'issue. Défilé de galeries. À gauche, à droite, encore à droite, tout droit, longtemps. Nouvelle impasse, attrapé cette fois. Et les mains qui serrent le cou. Le goût de la fin dans la gorge. Un réveil en sursaut, reprenant son souffle.

Sylvio lui apparaissait ensuite adolescent, posté sur une branche, se laissant tomber sur un chevreuil et l'égorgeant d'un geste vif. Le reflet de son regard, reconnaissant, dans l'œil de l'animal mort sans souffrir. Les images s'enchaînaient ainsi, sans cohérence apparente. Nirré commençait cependant à mieux percevoir l'histoire de son nouvel ami. Il le voyait encore, jeune adulte, bras dessus, bras dessous, au milieu d'une chaine humaine encerclant une forêt luxuriante, barrant de son corps vaillant la route à des machines prêtes à abattre les arbres. Des pancartes en plusieurs langues s'opposant à la destruction des forêts au profit de l'industrie agricole. Des hommes et des femmes rassemblés dans une grande salle, rappelant les milliers d'hectares déjà disparus, les plantes et les animaux avec et les gens qui vivaient dans la forêt. Nouveau cauchemar, Sylvio prenant ses racines à son cou pour fuir les hurlements des tronçonneuses venant à lui. Des centaines d'arbres fuyant la mort. Sylvio trébuchant, piétiné par ses frères déracinés. Réveil en sueur, le corps couvert de larmes de sève.

À travers ce voyage dans les souvenirs de Sylvio, Nirré découvrit aussi les rapports des experts, lus par le jeune homme, lui révélant, atterré, la responsabilité des hommes dans les conséquences des changements climatiques, l'espoir de certains de voir la nature seule reprendre ses droits, l'acharnement d'autres à soutenir des solutions technologiques, la croyance d'autres encore en la capacité des forêts à rendre à la planète une atmosphère respirable. Cet enchaînement d'idées nouvelles pour Nirré fut de nouveau traversé par une vague de cauchemars. Sylvio, planté parmi d'autres arbres essayant de se maintenir au sol. Un vent violent abattant de nombreux arbres autour de lui. Le jeune homme écrivant à son réveil.

Un courant d'air fatigué de parcourir le monde, de soulever des jupes et de claquer des volets, aspirait au repos

N'y parvenant pas, il se mit à hurler de toutes ses forces, à arracher des toitures et à balayer des forêts

Heureusement, sa course folle fut stoppée nette par un homme qui l'emprisonna en décédant subitement et en oubliant d'expirer son dernier souffle

Sylvio dormait paisiblement maintenant et il fallut un moment à Nirré pour se remettre des sensations perçues en fouillant les souvenirs torturés du jeune homme. Le hêtre finit par s'assoupir à son tour, une saveur amère dans la sève, le goût de la méfiance, de la peur et de la solitude s'insinuant dans ses vaisseaux.

***

Nirré lisait en Sylvio mieux que dans un livre. Il lui révéla que les cauchemars qui le hantaient depuis son enfance n'étaient que l'expression de son indignation face à la barbarie des hommes envers la nature et leur capacité à détruire la vie. L'interprétation du hêtre paraissait simpliste et pourtant, à l'instant où Sylvio ressentit cette révélation, sa cage thoracique s'ouvrit violemment. Il en sortit un flot continu, hurlant et boueux dont la force fut telle que le jeune homme fut projeté en arrière. Son corps inerte s'affala au pied d'un large tronc mais le flot monstrueux continua de sortir, intarissable. Le vacarme était tel que Nirré se boucha les oreilles et les animaux des alentours prirent la fuite tous azimuts. Le sol vibrait, se craquelait, des fissures s'élargissaient en étoile autour de Sylvio. Les plantes autour de lui se flétrissaient dans un rayon grandissant, faisant craindre au hêtre une catastrophe. L'arbre prit alors son courage à deux mains, contourna la vague pourrissante aussi vite qu'il put, se posta derrière l'arbre contre lequel Sylvio était appuyé, lutta contre le hurlement perçant qui déchirait son écorce et appliqua une branche sur chaque tempe de Sylvio, lui communiquant toute l'énergie apaisante qu'il pouvait. Le flot se tarit progressivement. Les alentours étaient figés dans un silence pesant, couverts par l'épaisseur grise de l'onde qui venait de se déverser. La poitrine de Sylvio se referma lentement, marquée par une cicatrice qui ne disparaîtrait pas de sitôt. Le jeune homme gisait, les yeux clos, son vêtement déchiré autour de lui. Nirré, les branches toujours plaquées sur les tempes de son ami reprenait son souffle.

Ils restèrent ainsi un long moment puis l'arbre demanda au jeune homme en pensée s'il se sentait mieux. Sylvio acquiesça intérieurement.

- Mais je ne peux pas bouger et je n'arrive plus à parler.

- Détends-toi, tu es sous le choc. Je vais continuer à veiller sur toi pendant que tu reprends tes esprits. Sais-tu que les hommes ne sont pas tous responsables des horreurs qui te font si mal ? Certains sont bons, j'ai eu la chance d'en côtoyer. Hé oui, tu n'es pas le seul être humain que j'ai rencontré et à qui j'ai dévoilé ma vraie nature. Le premier s'appelait Frans. Je l'ai rencontré alors que je parcourais la forêt amazonienne. Ce jour-là, je dormais au bord d'un fleuve dont les rives se perdaient dans une mangrove où poussaient des palétuviers, ces arbres qui, comme moi se déplacent ! Seulement, eux trichent, ils se déplacent en poussant d'un côté, abandonnant des racines et des branches de l'autre et en se laissant dériver dans cette vase où ils plongent leurs racines. J'avais observé leur lente progression pendant plusieurs nuits et j'étais un peu déçu de constater que leur capacité de communication limitée ne nous permettait pas d'échanger davantage. Je somnolais donc, en regrettant de ne pas avoir le courage de me joindre à leur valse lente, quand un son inhabituel m'éveilla. J'ouvris doucement les yeux et j'aperçus un vieil homme qui semblait danser parmi eux. Son visage était couvert de boue, ses manches et ses pantalons retroussés laissaient voir ses bras et ses mollets badigeonnés de vase eux aussi. Il s'en appliquait régulièrement et déambulait parmi les palétuviers, ondulant ses membres, semblant mimer les racines plongeantes. Ses bras et ses jambes ressortaient de la boue dans un bruit de succion comique. Je ne sais pourquoi ce son m'amusait mais je riais intérieurement, lorsque le vieil homme stoppa net son ballet et me fixa du regard.

- Pourquoi ris-tu ? Tu te moques de moi ? Tu ferais mieux de te joindre à nous, cette argile est très bonne pour l'écorce tu sais ?

J'étais pétrifié. Comment savait-il ? Me parlait-il vraiment ?

- Bien sûr que c'est à toi que je parle vieille branche ! À qui d'autre ? Tu as déjà rencontré beaucoup d'arbres comme toi ici ? Question camouflage, tu ne m'as pas l'air très doué ! Allez, ne fait pas le timide, ne reste pas planté là !

C'est ainsi que j'ai appris la danse des palétuviers et que j'ai découvert que je pouvais me déplacer sans problème sur des terrains qui avant m'auraient semblés trop dangereux. J'ai appris aussi à mieux cacher ma présence et Frans a réussi à me mettre en confiance. Alors j'ai séjourné quelques temps avec lui. Il était sculpteur. Il avait été scandalisé par le massacre de la forêt amazonienne. Les arbres brûlés lui rappelant ses ancêtres juifs exterminés, il ne les avait plus quittés et les collectionnait. Il leur offrait une nouvelle vie. Frans amassait les troncs, les branches et les bois morts par le feu, et les habillait de couleurs. Il me montra les pigments naturels, les ocres et les terres rouges, avec lesquels il rehaussait leur personnalité. Son musée, en pleine forêt, rassemblait de magnifiques hommages à ses chers arbres disparus. Son art avait fait le tour du monde et on pouvait admirer ses œuvres aux quatre coins de la planète.

Il profita de l'installation d'une de ses œuvres en Europe pour m'emporter avec lui. Parmi ses œuvres je passais inaperçu pendant le voyage. Une fois arrivé, il insista pour me présenter à son ami Andy. Ce dernier, artiste lui aussi, utilisait des éléments naturels comme matière première de ses œuvres. Andy m'accueillit comme un vieil ami, pas surpris du tout de converser avec un hêtre et me présenta quelques-unes de ses œuvres, des rivières de terre plaquées sur des façades de pierre, des œufs de pierres géants posés sur des chemins de terre, des serpents de feuilles colorées nageant dans des ruisseaux. J'étais fasciné.

Les deux artistes me proposèrent de participer à leur projet. Ils étaient réunis dans le cadre d'un festival et partageaient un espace où ils installaient des œuvres déjà réalisées et des créations communes inédites. Ils étaient très excités. D'après eux, j'allais être la clé de voute de leur collaboration artistique. L'endroit n'étant pas ouvert au public avant la fin des travaux, j'acceptais volontiers. J'aurais tout le loisir de contempler les deux hommes travailler le jour et je continuerais mes randonnées nocturnes. Ils m'avaient fait installer à la lisière d'un bosquet de bouleaux bordant un torrent dans une vallée de haute montagne. Je me régalais de ce paysage grandiose inondé de rayons de lune. La vallée, cernée de pics enneigés formait un écrin, serti de pierriers d'ardoises scintillantes au soleil le jour et bercé par les échos du vent la nuit. Andy et Frans installaient leurs œuvres à longueur de journée et aucun de leurs assistants ne se souciait de voir un hêtre posé à différents endroits chaque jour. Je m'amusais de cette possibilité de changer régulièrement de poste d'observation pour ne rien perdre de l'évolution de leurs travaux. Je me sentais d'autant plus libre que je pourrais bientôt poursuivre ma découverte de ce continent que je ne connaissais pas. C'était la seule condition que j'avais imposée à notre collaboration, reprendre ma liberté à la fin du festival.

Tout fut bientôt prêt, mais la nuit précédant le jour de l'ouverture au public, j'étais très inquiet, je craignais que d'autres humains que mes deux amis ne percent mon secret et qu'on ne me mette en cage comme une bête étrange. Frans et Andy comprenaient mes craintes et ils me rassurèrent en m'assurant que le public ne verrait plus en moi l'arbre mais l'œuvre d'art puisqu'ils allaient m'intégrer à l'installation. Je me laissais donc admirer, pièce centrale attirant le regard au milieu des verts pâturages, le tronc couvert d'un dégradé de feuilles colorées, mes branches et mes feuilles soulignées de fines couches de laine immaculée et les racines entourées de cercles concentriques alternant pierres blanches et noires, et terres et sables aux tons chauds. Les cercles s'élargissaient pour atteindre les limites de la vallée parsemée des totems installés par Frans et des cairns d'Andy. Le public déambulait avec admiration au milieu de ce tableau gigantesque où je trônais tel une déité vénérable. Ce furent des journées magnifiques et le soir, mes deux amis venaient me tenir compagnie un moment avant d'aller se reposer. Nos discussions nous emportaient souvent tard dans la nuit et il leur arrivait parfois dans la journée de venir faire la sieste sous mon ombre pour pallier au manque de sommeil. Ce fut une expérience merveilleuse que nous aurions aimée poursuivre tous les trois. Mais pour respecter notre goût partagé pour l'éphémère, chacun reprit sa route et l'œuvre fut abandonnée au vent.

***

L'air était frais. Un souffle léger bruissait dans les feuilles de Nirré. Sylvio se réveilla la poitrine douloureuse mais l'esprit tranquille. Vague souvenir d'une lutte contre les éléments. Sensation floue d'une exploration intérieure douloureuse. Impression neuve de liberté. Le jeune homme observait le hêtre, au pied duquel il était allongé, avec des yeux clairs, débarrassés du voile de méfiance qui les couvrait depuis si longtemps. Il regardait Nirré comme l'un des siens, avec la certitude d'être son semblable. L'arbre s'éveilla à son tour et adressa en retour au jeune homme son regard confiant. Le hêtre comprit que Sylvio savait à présent. Il savait qu'ils étaient de la même espèce. Nirré l'avait lu dans la mémoire de l'homme qui lui faisait face. Ni l'un ni l'autre ne parlait mais tous deux savaient désormais ce que pensait l'autre. Leurs pensées étaient maintenant partagées instantanément. Ils étaient de la même espèce, l'un arbre, né d'une mère humaine, l'autre homme, né d'une mère arbre. Nirré l'avait découvert dès leur première rencontre mais Sylvio n'aurait pas été prêt à l'entendre. Aujourd'hui il était prêt. Prêt à écouter sa mémoire. Prêt à accepter sa condition. Sylvio n'était pas tout à fait un homme et Nirré n'était pas tout à fait un arbre. Tous deux étaient les représentants d'une nouvelle génération, d'une nouvelle espèce et qui sait, peut-être qu'ils pourraient bientôt porter l'espoir d'un avenir meilleur pour la planète et tous ceux qui l'habitaient.

Sylvio découvrait ses nouveaux souvenirs. Nirré l'avait aidé à ouvrir de nouvelles voies dans sa mémoire. Sa mère, Hévéa, lui revenait clairement. Souple et solide à la fois, il se souvenait de la douceur avec laquelle elle l'avait bercé. Il ne trouvait en revanche aucune image de son père, et pour cause, il ne l'avait jamais rencontré. Mais Nirré lui ayant appris à trouver des souvenirs dans sa mémoire télépathique, il réussit à remonter le cours de l'histoire de ses parents. Il n'avait fallu qu'un regard pour que l'homme et Hévéa soient liés à jamais. Sylvio avait éclos quelques mois après leur rencontre et Hévéa avait pleuré de joie en le présentant à son père. Ce dernier n'avait pas accepté qu'une telle naissance soit possible. Il ne pouvait pas imaginer être le père d'un monstre et n'était plus jamais revenu voir Hévéa. Il les avait simplement abandonnés, la mort dans l'âme. L'arbre avait dû laisser son enfant à un couple de forestiers qui un jour passait par là. Ils avaient entendu les pleurs du bébé affamé et l'avaient recueilli, sans prêter attention à l'arbre qui pleurait à côté, puis ils avaient élevé Sylvio comme leur propre enfant.

Sylvio redécouvrait ses souvenirs avec tristesse, amertume et nostalgie. En même temps il appréciait sa nouvelle condition d'homme-arbre. Il se sentait pousser des racines et reprenait confiance en l'avenir. Avec Nirré, tout lui semblait maintenant possible. Et si d'autres individus de leur espèce vivaient comme eux, discrètement, quelque part ?

Acte 2

Sylvio lisait dans les pensées de Nirré. Ce qu'il y voyait l'excitait et l'effrayait à la fois. L'arbre avait intégré les connaissances du jeune homme et imaginait des projets qui dépassaient Sylvio. Les idées du hêtre cheminaient malgré tout et Sylvio se laissait convaincre que tous deux devaient agir. Ils ne pouvaient rester ainsi les racines croisées à regarder le temps passer. Il ne faisait aucun doute que les hommes étaient responsables d'une dégradation sans précédent de la planète et qu'ils n'étaient plus en capacité d'agir pour inverser cette tendance fatale. Les pensées de Sylvio et de Nirré ne faisaient plus qu'une à présent.

- Que les hommes s'entre-tuent, se torturent, s'asservissent depuis des millénaires, passe encore, mais depuis quelques siècles ils exploitent la nature de manière irresponsable, sans se soucier des effets de leur gourmandise. Bien sûr il existe encore quelques groupes qui continuent à vivre de façon harmonieuse avec leur environnement et certains individus cherchent à développer une relation plus respectueuse avec la nature, mais la majorité n'est même pas consciente de l'impact irréversible de son mode de vie sur les plantes, les animaux, le sol qui les porte, l'air qu'ils respirent et l'effet d'un tel comportement sur l'avenir de l'humanité elle-même. Seuls, nous ne pourrons rien changer mais nous pourrions chercher à rencontrer d'autres individus sensibles à notre cause. Nous pourrons sûrement compter sur Frans et Andy mais peut-être y a-t-il d'autres hommes réceptifs ? Et parmi les arbres ?

- Et si nous lancions un appel ? proposa Sylvio.

Nirré acquiesça : « S'il existe d'autres arbres comme nous, ils seront sans doute réceptifs ! »

L'homme et l'arbre décidèrent alors que Nirré, plus expérimenté, serait l'émetteur et, après un long échange, le hêtre diffusa, avec autant de conviction qu'il put :

« Arbres, hommes, arbres-hommes, hommes-arbres, quoi que vous soyez, entendez cet appel !

Comme vous le savez, la planète souffre et tous les êtres vivants sont menacés. Nombre d'entre nous ont déjà succombé et le processus s'amplifie. Les hommes ont une part évidente de responsabilité dans ce mécanisme fatal et, malgré l'agitation de certains, ils ne parviennent plus à limiter les dégâts et ne sauront pas intervenir suffisamment pour inverser la tendance.
Nous ne savons pas s'il est encore temps d'agir, mais si c'est le cas, voici notre proposition : faisons la grève de l'oxygène !
Dès demain, n'émettons plus d'O^2 !!!
Les hommes devront alors agir vite et prendre de réelles mesures pour stopper l'impact destructeur de leurs activités. Si l'humanité prouve qu'elle peut faire un effort sincère, nous pourrons l'encourager en lui offrant des connaissances contribuant à son épanouissement.
Si vous entendez cet appel, réduisez votre activité.
Pour un avenir radieux, faisons la grève de l'O^2 ! »

Nirré poursuivit en boucle l'émission du message et dès le lendemain, de nombreux arbres cessèrent toute activité. Malgré le printemps naissant dans de nombreuses régions de la planète, les forêts changeaient de couleur, le vert tendre des feuillages nouveau-nés laissant place en quelques heures aux rouges et ors d'un automne inattendu. Et partout, indépendamment de la saison, des feuilles tombaient, des fleurs fanaient, et même les forêts d'essences persistantes se flétrissaient. Les algues aussi se laissaient pourrir au fond des océans. La réaction en chaîne fut bien plus rapide que Nirré et Sylvio auraient pu l'imaginer. Les eaux s'asphyxiaient, provoquant la mort des animaux les plus faibles et donc de leur prédateurs.

Sur terre, les insectes les plus proches des plantes, notamment les butineurs et tous ceux qui vivent grâce aux fleurs s'éteignaient progressivement, entraînant la disparition des insectivores et de leur prédateurs. Les herbivores eux aussi commençaient à souffrir de la raréfaction de végétaux frais. Seuls les charognards et autres détritivores s'en sortaient encore mais la pourriture commençait à s'amonceler partout et tous commençaient déjà à souffrir du manque d'oxygène. Dans les campagnes, les paysans les plus industriels observaient ces changements soudains avec stupéfaction. Quant aux plus proches de la nature, ils accueillaient cette catastrophe avec tristesse et résignation. Par ailleurs, de nombreux humains réceptifs au message de Nirré, comme Frans et Andy, furent bouleversés par cette impressionnante décision végétale. Ils partageaient cependant le point de vue et le choix de Sylvio et Nirré et étaient prêts à les accompagner dans leur croisade désespérée.

Ainsi s'engagea un incroyable remue-ménage planétaire qui ne tarda pas à dégénérer en conflit mondial. La majorité des végétaux s'installèrent dans une sorte de léthargie, une dormance contre nature qui, à terme, leur serait fatale. Les scientifiques ne tardèrent pas à modéliser une issue catastrophique à ce nouveau changement. De nombreux humains percevaient les communications des végétaux et relayaient l'importance d'agir. Certains dirigeants prenaient très au sérieux le mouvement « chlorophylle », ainsi nommé par les médias, et n'hésitaient pas à accélérer les mesures déjà mises en place. D'autres concentraient leurs travaux sur la recherche génétique afin de produire de nouvelles espèces spécialisées dans la production d'oxygène. Pendant ce temps, les états-majors s'organisaient pour mater la rébellion et de nombreux végétaux disparaissaient, inondés de poisons meurtriers largués par des avions militaires. Dans les villes, des arbres n'hésitaient pas à s'abattre sur les places, les rues, les fils électriques, amplifiant la congestion déjà créée par la panique provoquée par les événements. Il n'était pas rare de voir une racine sortir sournoisement de terre pour faire un croche-patte à un passant déjà hystérique ou une branche gifler soudainement une joue qui passe ! Un groupe de végétaux se lança même dans des offensives kamikazes pour ralentir la progression des machines militaires. Des balsamines par exemple, s'étaient associées avec des mousses et des lichens. Ces derniers se séparaient en fines particules expulsées aussi loin que possible par les balsamines usant de leur mécanisme à ressort habituellement utilisé pour disséminer leurs graines. Les tirs bien ajustés envoyaient mousses et lichens vers les tanks et les blindés. Les particules s'insinuaient dans les aérations des machines, étouffant ainsi les moteurs et obligeant les soldats à nettoyer régulièrement les filtres encrassés.

Sylvio et Nirré se sentaient dépassés par les événements mais il était trop tard pour reculer. Les « chlorophylles » s'organisaient et on les plébiscitait pour former un gouvernement qui pourrait négocier avec les hommes. Le hêtre et son ami devinrent alors les premiers représentants officiels de cette incroyable rébellion naturelle. Ils émirent alors un nouveau message :

- Habitants de la Terre,
Cette situation a assez duré. Nous ne pouvons continuer ainsi à compter nos morts. Il est temps de se retrousser les branches. Unissons-nous et nous trouverons des solutions ensemble. Nous invitons tous ceux qui souhaitent participer au renouveau de notre société à se rendre à Nova Viçosa au Brésil. Afin de prouver à tous notre détermination à inventer un nouveau monde meilleur, nous mettons fin sur le champ à la grève de l'O^2. N'oubliez pas : tous à Nova Viçosa !

Ce nouvel appel produisit une onde d'enthousiasme et le temps s'arrêta un instant sur la planète. Le temps de sortir la tête de l'eau, chacun reprit son souffle. Partout dans le monde se produisit alors une grande respiration. Les plus méfiants gardèrent encore un moment leurs masques à oxygène et les plus optimistes rassemblèrent leurs affaires pour se rendre à Nova Viçosa. Pendant ce temps, Sylvio et Nirré poursuivaient leur émission sur un mode plus diffus, cherchant à insinuer dans les esprits humains les plus retords ce qu'ils cherchent à ignorer le plus : leur incapacité à produire quoi que ce soit d'utile ou de bon pour la planète.

De nombreux humains étaient évidemment fermés à toute évolution. Ils ne respectèrent pas la proposition de paix et poursuivirent leurs agressions mais ils furent rapidement stoppés par les militaires, qui, faute d'avoir eu le temps de s'organiser pour mater définitivement l'action des végétaux, se rallièrent à leur cause. La plupart des arbres décidèrent qu'il était grand temps de sortir du bois. Nombreux s'étaient réfugiés au cœur des forêts les plus profondes pour échapper au gazage ou par peur de ne pas se réveiller s'ils cessaient réellement toute activité. Mais à présent il était temps de passer à l'action.

Ils affluèrent par millions à Nova Viçosa. Frans, Nirré, Sylvio et Andy accueillaient à bras ouverts les plantes, les humains et d'autres animaux venus des quatre coins de la planète pour ce sommet de la Terre organisé pour la première fois chez Frans. Les débats allaient bon train et les arbres mirent les humains devant le fait accompli : ils devaient cesser leur reproduction galopante au risque d'étouffer la planète et tous ceux qui y vivent. Les animaux confirmèrent : « Nous subissons bien des campagnes de chasse pour réguler nos populations ! ». Les revendications étaient nombreuses. Certains hommes rappelèrent que la nature est parfois hostile et qu'elle déclenche des peurs qui peuvent expliquer le comportement irrationnel de certains humains. Les animaux reconnaissaient qu'ils sont parfois un peu brusques… et chacun apporta ainsi son témoignage, alimentant cette réconciliation en marche.

Pendant que les débats se prolongeaient, le mouvement chlorophylle profita de son vaste réseau de communication pour diffuser toutes les données nécessaires à l'éducation des humains. Tous les végétaux s'accordaient en effet pour dire que l'humanité est encore un enfant qui a grand besoin d'apprendre et d'être guidée. Les groupes et organisations humaines déjà habitués à prendre soin de réduire leur impact sur leur environnement s'associèrent naturellement au mouvement et les expériences les plus efficaces furent immédiatement diffusées largement pour être reproduites à grande échelle. La majorité des êtres vivants de la planète se mit alors à ne consommer que ce qui lui est nécessaire et à adopter un mode de vie plus raisonnable.

Le pouvoir n'existait plus à titre individuel ou accaparé par un groupe. L'harmonie devint la norme et chacun, animal ou arbre put enfin vivre en communion avec son prochain et retrouver une écologie de l'environnement, du corps et de l'esprit. Nirré et Sylvio se félicitaient de ces changements rapides et prometteurs. Sylvio qui aspirait à une vie plus tranquille profita de ces bons résultats pour s'éloigner du tumulte. Il rejoignit l'Europe et s'installa dans une prairie au bord d'une falaise en surplomb d'une large plaine où il avait tout le loisir d'observer les progrès de l'humanité. Il vit les villes changer, se végétaliser, s'entourer d'un air respirable, de campagnes cultivées de façon extensive partageant l'espace avec une nature plus sauvage. Et pendant qu'il observait ces changements, il laissa ses racines pousser, son écorce s'épaissir, ses branches enfler et quelques temps après son installation, un doux feuillage vert tendre poussa sur ses tiges. Son houppier balayé par le vent ne tarda pas à intriguer une viorne blottie depuis longtemps dans une haie voisine. Elle ne révéla pas tout de suite sa présence mais Sylvio la ressentit bientôt et resta sans voix lorsqu'il sentit un soir une branche se poser autour de son tronc. Leurs pensées se mêlèrent aussitôt et elle lui révéla qu'elle l'attendait.

- Nos destins sont liés Sylvio. Je sais qui tu es et nous allons produire de grandes choses ensemble.

- Je sais qui tu es aussi Lantana et je suis heureux de t'avoir enfin trouvée.

Entrelacs de racines, caresses de branches, frôlements d'écorces. Les deux arbres s'unirent au milieu de la prairie, laissant des rayons de lune chatouiller leurs feuillages. Toute la nuit ils s'aimèrent et au petit jour Lantana sentit qu'elle n'était plus la même. Elle remarqua un nouveau bourgeon sur une de ses brindilles. Sylvio tarda à se réveiller mais lorsqu'il ouvrit les yeux, il dégusta l'émotion qui l'envahit en contemplant la grâce de sa compagne. Puis son regard fut attiré par ce bourgeon tout neuf.

- Nous allons être parents, dit-il en l'embrassant tendrement.

- Patience mon amour, le petit ne sera pas là avant quelques semaines...

Cependant le bourgeon se développait. Un jour, une fleur a éclos, douce et fraîche, lumineuse comme l'espoir. Puis un fruit est apparu et a mûri. Mais un matin, alors que les deux arbres étaient encore endormis, un oiseau passa, se posa sur la viorne et vola le fruit. À leur réveil, les deux futurs parents étaient stupéfaits ! Comment était-ce possible ? Qui avait pu oser voler leur enfant ?

Sylvio décida de partir à la recherche du voleur. Lantana tenta de l'en empêcher, estimant qu'il était sûrement trop tard, que le fruit était certainement déjà digéré, qu'il n'avait aucune chance de le retrouver et qu'ils pourraient en produire un autre. Mais Sylvio n'était pas encore assez arbre pour reconnaître cette fatalité et ne parvenait pas à imaginer qu'il était si facile de remplacer celui qui leur avait été enlevé. Il conservait cet entêtement humain qui le poussa à quitter le confort de sa prairie et l'amour de sa vie pour tenter de retrouver celui qui les avait si douloureusement amputés.

***

En vain. Sylvio eut beau parcourir la planète, il ne retrouva jamais ce qu'il cherchait. Il aurait dû écouter sa bien-aimée, rester auprès d'elle, concevoir avec elle un autre enfant. Durant son voyage il ne trouva aucune trace de celui qui avait enlevé son enfant et il ne put que constater que l'harmonie qu'il avait laissée s'installer avant de choisir sa prairie n'avait été que de courte durée. Partout le chaos régnait. Les humains étaient pires que jamais, ils avaient réussi à mettre au point une espèce très productrice d'O^2 pour se prémunir du moyen de pression le plus efficace des végétaux et détruisaient tous ceux qui tentaient de leur nuire. Face à un tel échec, Sylvio était dépité. Il ne pensait même pas à rejoindre Nirré pour tenter de lutter encore. Et lorsqu'il revint dans sa prairie pour retrouver sa belle, elle n'y était plus. Un tas de cendres fumant, quelques bouts d'écorce et des feuilles éparses l'accueillirent là où Lantana se tenait lorsqu'il l'avait quittée. Sylvio craqua de toute son écorce. Il ne maîtrisait pas le tremblement de ses branches, la chute de ses feuilles. Son bois résonna d'un long hurlement déchirant qui fit frémir les alentours. Puis il s'effondra, comme déraciné par une tempête, allongé au milieu de la prairie et resta prostré pendant des jours, ne pouvant renoncer à quitter les restes de celle qu'il avait aimée. Son esprit ne recevait plus qu'une litanie en boucle, une sorte de mantra qu'il se récitait machinalement, le maintenant dans une paralysie irréversible :

Pas de besoin, pas de manque
Pas d'envie, pas de déception
Pas de désir, pas de frustration
Pas de projet, pas d'échec

Pas d'espoir, pas de désillusion
Pas d'amour, pas de haine
Pas de joie, pas de peine

Une nuit pourtant, il se sentit couvert d'une vague d'espoir. Une petite voix en lui distillait un message optimiste « Allons, ça va aller ! Relève-toi, défroisse ton écorce et libère ton cœur ! Ouvre les yeux, tu verras que tout n'est pas perdu… » Une branche amicale se posa sur son tronc tandis qu'une autre l'aidait à se redresser. Sylvio sentit Nirré là, tout près de lui.

- Désolé d'arriver trop tard pour le petit, je t'ai entendu et je suis venu aussi vite que j'ai pu mais tu sais, Nova Viçosa, c'est pas l'orée d'à côté !

Sylvio ouvrit alors les yeux et aperçût une tache vert tendre au milieu des cendres.

- Tu ne croyais quand même pas que j'allais te laisser seul mon chéri ?!!! » souffla faiblement la petite plante.

Sylvio n'en revenait pas, il s'empara avec précaution de la délicate pousse et se mit à valser dans la prairie. Il dansa longtemps, embrassant parfois au passage son vieil ami qui restait planté là comme si tout cela était tout à fait normal !

- Bien sûr que c'est normal ! Acquiesça Nirré. Et lorsque tu auras fini de t'amuser, je vous propose à tous les deux de m'accompagner, je dois retourner auprès de Frans pour continuer à organiser la résistance. Je suppose qu'en retrouvant Lantana tu comprends maintenant que la vie ne dit pas facilement son dernier mot. Ta viorne bien aimé retrouvera bientôt toute sa vigueur et vous pourrez de nouveau vous préparer à agrandir la famille. Mais pour le moment j'ai besoin de vous. Tu as vu que notre lutte n'est pas gagnée. Nous devons continuer à nous battre contre les plus récalcitrants si nous voulons que notre projet aboutisse.

- Alors arrête de causer vieille branche et allons-y !

Acte 3

Un vent doux soufflait sur les spectateurs massés devant la scène géante installée sur la plage. Carlos Jobim distillait sa bossa nova, visiblement ému par cette assistance composée essentiellement d'arbres et d'humains. Les spectateurs quant à eux contemplaient la scène qui se découpait en ombre chinoise sur l'océan atlantique où des nuages rosis par le soleil couchant fondaient à l'horizon. Ha, felicidade ! Le chanteur était venu apporter son soutien aux résistants mais l'heure n'était pas encore au bonheur pour tous. Les combats avaient repris et le mouvement chlorophylle perdait du terrain face à ceux qui refusaient d'œuvrer pour la paix. Nirré, Sylvio et Lantana retrouvèrent Frans et Andy parmi une foule rassemblée silencieusement au pied d'un vieux banian, à l'écart du concert. L'arbre étalait ses épaisses racines telle une longue chevelure tout en ondulation. Ces tentacules de bois partaient d'un tronc large comme une forteresse qui portait une multitude de branches formant un ample parasol d'où retombaient çà et là des ramifications offrant au vénérable autant de béquilles pour supporter le poids de sa grande expérience du temps. Le vieux banian recevait les questions pensées par chacun, émettait une réponse et tous accédaient à ce nouveau savoir nourri des influences de chacun. Ce banian avait été choisi pour sa sagesse accumulée depuis des siècles et pour sa faculté à filtrer les intentions positives. Ainsi, même s'il arrivait chargé de rancœur, de frustration ou de colère générés notamment par le conflit contre lequel il luttait, chacun, lorsqu'il quittait l'arbre, repartait chargé d'amour et de bonnes ondes, prêt à les diffuser à son tour. Sylvio écouta la question de Nirré :

- Banian, dis-moi, comment pourrions-nous sortir de cette lutte qui devient une guerre fratricide à l'échelle planétaire ? Mes amis et moi aimerions tant réconcilier la nature et les hommes. Malheureusement nous commençons à douter de nos forces face à la haine de nos ennemis et nous ne voyons plus comment rétablir l'harmonie…

Sylvio n'entendit pas la fin de la pensée de Nirré. Il n'était plus au pied du grand Banian mais assis au sommet d'une colline dans un paysage doux et sans fin. Il sentait Lantana à ses côtés et Nirré derrière lui. Chacun faisait face à un tiers d'horizon, les yeux clos. Sylvio se sentait bien. Il avait même l'impression de ne jamais s'être senti aussi pleinement épanoui. Il baignait dans une agréable chaleur et son sourire irradiait son visage. Lantana et Nirré lui semblaient flotter dans le même état. Chacune de ses cellules se remplissait de cette énergie nourrissante et chacun de ses pores la partageait avec tout ce qui l'entourait. Soudain il s'aperçut que son âme tournait au-dessus de son corps, dans une lente ronde partagée avec les corps célestes de Nirré et Lantana. Du sol, au milieu du cercle formé par leurs silhouettes, une colonne de rayons colorés montait vers le ciel, traversant la ronde de leurs âmes et retombant en arcs en ciels arrosant toutes les directions. Là où tombaient les rayons, des arbres poussaient. Puis ces arbres portaient des fruits. De ces fruits, des hommes et des femmes éclosaient lorsqu'ils étaient bien mûrs.

La vision de Sylvio stoppa net et il lui fallut un moment pour sortir de sa torpeur. Lorsqu'il revint à lui, le banian brûlait, d'autres arbres étaient la proie des flammes et de nombreux humains couraient en tous sens en hurlant. La voix de Lantana lui parvenait à peine dans le vacarme et la panique.

- …faut partir. Ne reste pas planté là, il faut nous abriter !

Dans un souffle, il vit non loin de là, une bombe incendiaire fendre le ciel, lâchée par un avion de chasse et tomber sur la foule massée devant la scène installée sur la plage. Le crépitement et les hurlements l'affolaient. Il se sentit soulevé du sol, entraîné par Lantana et Nirré. Comme d'autres arbres qui le pouvaient encore, ses amis avaient pris leurs racines à leur cou et décampaient le plus vite possible. Andy et Frans les rejoignirent et leur indiquèrent le chemin vers le nouvel abri qui avait été construit en leur absence. À l'intérieur, un dédale de galeries les emmena jusqu'à un grand entrepôt souterrain où de nombreux résistants étaient déjà installés, choqués par l'attaque qu'ils venaient de subir. Après avoir repris son souffle, Nirré prit la parole au milieu d'une assistance bruyante, haletante, paniquée :

- S'il vous plaît ! mes amis, écoutez-moi ! s'il vous plaît ! Avant de disparaitre, le Banian m'a répondu. Je crois que nous devrons attendre pour pleurer nos disparus et nous remettre de ce nouvel événement tragique. Si comme moi vous avez reçu l'enseignement du vieil arbre, vous savez que nous sommes suffisamment forts pour poursuivre notre œuvre. Aussi je vous demande de transformer votre tristesse et votre colère en amour. De nous unir pour aboutir. Faites-le pour ceux qui sont tombés. Faites-le pour ceux qui sont debout. Unissons-nous et nous vaincrons par l'amour.

L'assemblée accueillit ce message dans un silence apaisé ou chaque pensée plébiscita Nirré pour prendre la place du Banian.

Sylvio à son tour s'exprima :

- Inutile de nourrir notre soif de vengeance en effet. Nous valons mieux que ça. Nos agresseurs ne résisteront pas à notre détermination. Nous devons poursuivre notre travail pour accompagner la transformation des plus virulents de nos adversaires. Eux aussi méritent de trouver la paix. Que tous ceux qui souhaitent participer au sabotage de leurs actions me rejoignent, je suis volontaire pour diriger les opérations.

Un groupe d'hommes et d'arbres se forma autour de Sylvio dans un flot de paroles « C'est ça, allons-y ! » « Ils vont voir de quel bois on se chauffe ! » « On les infiltrera jusqu'au dernier ! » « Ils ne savent pas que les forêts ont des yeux et des oreilles »…

Pour finir, Lantana proposa :

- Certains hommes récalcitrants n'ont pas besoin de beaucoup pour comprendre tout le bien qu'ils pourraient tirer pour eux-mêmes et ceux qui les entourent de vivre en harmonie avec la nature.
Et en désignant deux hommes près d'elle, elle ajouta : « Ceux-là m'ont incendiée le mois dernier, sans savoir que je repousserai. Je les ai retrouvés, je leur ai pardonné et mon amour les a convaincus. Que celles et ceux qui souhaitent m'accompagner pour ouvrir les cœurs fermés me suivent ! »

Une foule s'empara de Lantana et la porta jusqu'à l'extérieur où le calme était revenu. La troupe ne s'attarda pas sur les décombres et partit s'installer dans un sous-bois, à l'abri des regards, espérant ne pas avoir à essuyer de nouvelle attaque. Les discussions s'engagèrent rapidement pour élaborer le plan d'action de l'opération « À cœurs ouverts ».

Sylvio de son côté recueillait les informations des uns et des autres pour préparer les missions d'espionnage et de sabotage de son groupe.

Nirré quant à lui, s'installa au cœur de la foule et commença à écouter les pensées, les questions, à transmettre des réponses et diffuser des ondes positives dans toutes les directions.

***

Le cliquetis des pattes de ses congénères sur le métal du tuyau le rassurait. Leurs corps de chitine transpiraient de phéromones agressives palpées par ses antennes, envoyant à son système nerveux d'excitantes informations qui le poussaient à poursuivre sa mission sans se préoccuper des nombreux détritus jonchant le sol et dont en temps normal il aurait fait son repas avec gourmandise. Il se sentait porté par le flot de la troupe dont les mouvements excitaient davantage les récepteurs de ses soies vibratiles. Chaque fois qu'ils se déplaçaient en groupe, c'était pour conquérir de nouveaux territoires et ça, ça lui plaisait. Ils étaient les plus forts, terrassaient systématiquement tous ceux qui osaient barrer leur route et partout où ils s'installaient l'herbe ne repoussait pas. Sa grande fierté c'était de ressentir les encouragements des dominants du groupe lorsqu'ils avaient fini le boulot. En général, ils s'installaient au milieu de la zone qu'ils venaient de désertifier et ils invitaient chacun à se gaver des restes de leurs ennemis. Lui, ce qu'il préférait c'est quand ils se retrouvaient à plusieurs sur une femelle. En général, elles ne survivaient pas à leurs assauts et de toute façon c'était préférable plutôt que de pondre des bataillons de bâtards ! En attendant la récompense, il avançait en suivant la troupe et se régalait d'avance. Ses congénères en faisaient autant.

***

- « Je me fous de savoir ce que ça coûtera mais je veux que cette bande de mauvaises herbes illuminées soit matée et plus vite que ça ! Foutez-moi le feu à tout ce qui est vert et tout ce qui sourit bêtement ! »

Le Président des Fédérations Unies n'était pas de bonne humeur ce matin-là. Les services de renseignement venaient de lui rapporter que l'attaque de Nova Viçosa n'avait éliminé qu'une partie des insurgés et que bien que leur principal centre de communication avait été touché, il semblait que le mouvement continue à s'amplifier.

- Vous n'êtes qu'une bande d'incapables, depuis quand les plantouses font-elles la loi ?
Où est ce bon à rien de ministre de la communication ?

- Je suis là, Monsieur le Président.

- Sabotez-moi toutes les communications de ces salopards et arroser nos médias pour vanter les mérites de notre politique. Je ne tolérerai plus aucune erreur de votre part, l'opinion doit revenir de notre côté, il faut stopper net cette débandade !

- C'est que, Monsieur le Président, nos agents infiltrés nous rapportent que le mouvement chlorophylle use d'un mode de communication qui nous échappe, basé sur une transmission de pensée à grande échelle et dont nous ne maîtrisons ni la technique...

- Monsieur le Président, si vous le permettez, j'aimerais vous soumettre une idée qui pourrait nous sortir de l'impasse.

- Vous êtes qui vous ?

- Professeur Lefabre, entomologiste de l'université de Clermbridge, j'étudie le comportement des cafards depuis des décennies et je peux vous assurer que si vous m'en donnez les moyens, nous pourrions nous en faire des alliés tout à fait efficaces.

***

Nirré poursuivait ses communications en direct avec les partisans qui allaient et venaient autour de lui à Nova Viçosa. Il continuait également à émettre à grande échelle et à recevoir des informations du monde entier. La majorité de son message était concentrée autour d'intentions positives, constructives, à destination de tous, plantes, hommes et autres animaux. Il savait que tous n'étaient pas réceptifs, mais la diversité de ceux qui se présentaient à lui chaque jour lui confirmait qu'il était important qu'il poursuive ses émissions, même à destination des plus récalcitrants. Il avait en effet accueilli à de nombreuses reprises des anciens alliés des Fédérations Unies notamment, qui s'étaient finalement reconnus dans son message et avaient rejoint le mouvement chlorophylle, abandonnant la voie belliqueuse empruntée par l'opposition. Ces reconvertis ne s'expliquaient pas leur changement soudain de mode de penser et de vivre mais ne cessaient d'exprimer leur reconnaissance à Nirré et aux résistants qui l'entouraient. Ils promettaient leur soutien et agissaient en conséquence, de retour à leurs fonctions. Ainsi le monde se trouvait partagé entre les alliés du mouvement chlorophylle toujours plus nombreux de jour en jour et l'opposition menée par les Fédérations Unies dont les forces s'amenuisaient au fur et à mesure de leur enlisement dans le conflit. Pourtant Nirré ne criait pas victoire. Il savait que la tendance pouvait encore s'inverser et que ce fragile équilibre ne basculerait définitivement en leur faveur que lorsque tous seraient convaincus de la légitimité naturelle des valeurs du mouvement. Aussi poursuivait-il également son soutien à distance autant qu'il le pouvait à ses amis Sylvio et Lantana qui en avaient bien besoin dans leurs missions respectives.

***

- Bravo les gars ! Cette fois nous avons définitivement bloqué les systèmes de communication des Fédérations.

Sylvio savourait cet instant. Depuis des semaines il dirigeait les opérations de sabotage mises en œuvre sur toute la planète par des hommes, des femmes et des plantes prêtes à donner leur vie pour voir les objectifs du mouvement aboutir. Certains étaient parvenus à localiser l'ensemble des émetteurs-récepteurs, d'autres détenaient la liste de toutes les personnes impliquées de près ou de loin dans des services de renseignement. Quelques-uns avaient même réussi à infiltrer des cellules secrètes spécialisées dans l'information industrielle, économique et politique. Les antennes s'étaient alors recouvertes en quelques jours de végétation d'une telle densité que les communications ne passaient plus. Les câbles sous-marins et souterrains avaient par ailleurs été sectionnés en tant de morceaux qu'il aurait fallu des années pour remettre en place les systèmes. Les personnels des organisations concernées avaient par ailleurs subi un tel harcèlement télépathique pendant cette période, que plus aucun n'aurait su relancer la machine et de toute façon aucun n'aurait voulu, tous convaincus qu'ils étaient du bien-fondé des objectifs du mouvement. Les journaux papiers qui parvenaient encore à diffuser, commençaient eux-mêmes à exprimer leur soutien et à relayer les valeurs que bon nombre ressassaient déjà dans leurs têtes.

Le partage est ma maison
La raison mon entourage
L'âge de l'individu est révolu
Unissons-nous pour ouvrir l'ère de l'amour

***

L'exposé du professeur Lefabre commençait à donner la nausée au Président des Fédérations Unies. Il en avait déjà entendu des propositions farfelues mais la cruauté de celle-là atteignait des sommets. Comment ce type pouvait-il croire que des cafards allaient les débarrasser de ce chiendent qui était en train de pourrir la planète ?

- Voyez-vous, Monsieur le Président, cette puce implantée dans le système nerveux de l'insecte lui permet de se concentrer davantage sur son objectif et de répondre à la demande à un ordre qui lui est communiqué par cet émetteur. Tenez, essayez le vous-même !

Le Président s'empara du boîtier, réfléchit un instant, observa le vivarium grouillant de bestioles et rédigea son message : « Bouffez-le ! »

Aussitôt les insectes se mirent en mouvement et à force d'aller et venir dans leur cage de verre réussirent à la faire basculer de la paillasse sur laquelle elle était posée et elle alla se briser sur le sol, répandant un flot de cafards déterminés qui se dirigèrent immédiatement vers le scientifique qui venait de comprendre le message du Président. Il n'eut pas le temps de se dégager, les insectes l'engloutirent en un rien de temps après avoir pris soin de sectionner les tendons de ses chevilles, réduisant à néant toute tentative de fuite. Leur mission terminée, les cafards se rassemblèrent autour d'un individu un peu plus imposant que les autres et qui semblait s'adresser à eux. Puis ils ne bougèrent plus, attendant leur nouvel ordre de mission.

- Que quelqu'un les enferme dans une cage ! Je veux qu'une production à grande échelle de ces saloperies soit mise en route dès aujourd'hui !

***

Pendant ce temps, Lantana poursuivait l'opération « À cœurs ouverts » avec succès. De nombreux opposants avaient déjà rejoint le mouvement et certains d'entre eux étaient déjà prêts à relayer l'action et à la décupler. Son fonctionnement était simple. Lantana et ses compagnons identifiaient un opposant ou une personne qui n'était pas prête à soutenir activement les changements portés par le mouvement. Ils maîtrisaient l'individu en question, l'empêchaient de fuir et l'entouraient de tant d'amour qu'il lui était impossible de faire autrement que de se convertir. Quelques sujets étaient plus coriaces que d'autres. Il fallait à certains une dose plus importante, voire des piqûres de rappels mais jusqu'à présent, aucun n'avait résisté au point de revenir à ses anciens penchants. Par ailleurs l'opération avait été complétée par une nouvelle initiative, l'adoption par chacun d'une plante. Tout humain devait en effet désormais adopter un végétal et en prendre soin. À l'inverse, les plantes devaient chacune prendre soin d'un homme ou d'un animal. Ainsi l'objectif d'harmonie entre les espèces visé par le mouvement trouvait là un pilier fondamental sur lequel s'appuyer. À partir du moment où chacun prenait soin d'un individu d'une autre espèce que la sienne il devint naturel pour tous que l'équilibre du monde ne pourrait être maintenu si une espèce devenait dominante sur les autres.

***

L'abdomen tendu, 3457 n'en pouvait plus. Sa prochaine mue n'était pas pour demain et il se demandait bien comment il allait pouvoir continuer cette orgie sans éclater. Il en était à son troisième humain adulte aujourd'hui et lui et ses compagnons avaient aussi déjà digéré deux enfants et une fillette, accompagnés de leurs animaux de compagnie, leurs plantes d'appartement et les trois-quarts des provisions accumulées dans les placards. Il leur restait les livres de la bibliothèque, les produits d'entretien, les couettes et les oreillers, les vêtements, les cuillères en bois, les arbres du jardin, etc. Bref, tout ce qui constituait et entourait le pavillon de cette petite famille qui venait de disparaître de la même manière que leurs voisins de quartier et ceux des autres quartiers et des autres villes. Les ordres étaient clairs, tout ce qui pouvait être déchiqueté par une mandibule et digéré par un système digestif de cafard devait subir le même sort. 3457 avait pour habitude d'obéir aux ordres sans se poser de questions mais là son corps ne répondait plus. Il était saturé. Fatigué. Il ne pouvait plus rien ingurgiter. Échappant à la vigilance de son chef de bataillon occupé à éliminer les restes d'un patchwork qui avait fait la fierté de la maîtresse de maison, 3457 se faufila dans un coin où personne ne pourrait le trouver et s'autorisa un petit roupillon. À son réveil il se sentit étonnamment apaisé. Il ne lui restait pas de souvenir précis de son rêve mais il avait le sentiment d'avoir reçu un message qui le mettait dans un état de légèreté inhabituel. Ses compagnons avaient quitté les lieux. Seuls les murs déshabillés de leurs tapisseries, restaient, là où quelques heures auparavant se dressait le foyer douillet d'une famille disparue comme tant d'autres. À cette idée, 3457 ressentit pour la première fois de son existence un sentiment qui lui était tout à fait étranger. Il n'aurait pourtant pas eu besoin de beaucoup de psychologie pour comprendre qu'il était pris de remords mais le manque d'habitude le laissait décontenancé. C'est avec cette sensation étrange qu'il déambulait au milieu des décombres. Il ne prêtait pas attention aux rues vides, sans arbres ni passants. Il essayait de se souvenir de ce fichu rêve qui lui rappelait ce qu'il ressentait après chaque mue. L'impression d'être quelqu'un d'autre, de neuf. Sa mémoire était floue, embuée mais un message lui revint : « Tu n'es pas obligé de continuer ton œuvre. Rejoins-nous plutôt. Tu pourras mener une nouvelle vie qui ne t'écœurera plus. Cherche l'amour autour de toi. Remplis ton cœur plutôt que ton estomac et bientôt tu auras plus de plaisir encore à donner qu'à recevoir ». Il percevait les mots mais ne saisissait pas tout le sens. Le langage était différent des ordres habituels mais son corps lui intimait de suivre cet appel ou plutôt cette intuition. Inconsciemment il se mit à émettre des phéromones d'amour et bientôt ses pas croisèrent ceux d'un être qui l'accueillit avec une telle bienveillance qu'il se laissa caresser pour la première fois de sa vie.

***

Lantana sentait les petites pattes crochues chatouiller son écorce. Le cafard attendait patiemment posé sur une extrémité de l'une de ses branches. Il s'était laissé apprivoiser et Lantana le présentait à présent à Nirré. Ce dernier l'enveloppa chaleureusement dans l'une de ses feuilles et le cafard s'endormit d'aise. Nirré en profita pour modifier la composition de sa puce et invita Lantana à poursuivre sa rééducation. 3457 fut rebaptisé Néo et suivit Lantana dans ses opérations. Il apprenait vite à son contact et il lui fut bientôt attribué le rôle de recruteur parmi les siens. C'est ainsi que Nirré, Lantana et Sylvio reprirent espoir. Chaque jour de nouvelles recrues venaient grossir les rangs des résistants. De nombreux cafards anciennement enrôlés dans les forces des Fédérations Unies participaient désormais à l'action du mouvement chlorophylle et la victoire s'approchait à grand pas.

***

Nirré se sentait bien seul au milieu de cette plaine déserte. Comment avaient-ils pu en arriver là ? Il essayait de reprendre le fil des événements mais il ne trouvait pas la faille. À quel moment tout avait basculé ? Comment se faisait-il qu'il n'avait pas pressenti un tel désastre ? Il n'arrivait plus à canaliser ses pensées. Sa concentration était perturbée par les images des horreurs de ces derniers jours qui lui revenaient en boucle. La perception de l'existence de ces cafards programmés. La confirmation de leur grand nombre par des informateurs bien renseignés. La tentative d'entrer en contact avec eux. L'échec de la communication avec ses esprits manipulés. Tout avait été trop vite. À force de communiquer avec la planète entière il avait ressenti la morsure des mandibules acharnées sur les feuilles, les bois, les chairs dilacérées, les entrailles grouillantes, les yeux exorbités, incrédules face à la vague de pattes et d'antennes affairées à éliminer toute trace de vie humaine, végétale ou animale autre que cafard. Il avait même assisté à distance à la curée des cafards sur leur maître, le Président des Fédérations Unies. La fin de cet homme avait été à la hauteur de sa cruauté. Nirré ignorait ce qui avait pu déclencher un tel revirement de situation mais il avait vu comme s'il y était la façon dont les cafards avaient cerné le Président et avaient joué avec lui avant de le mettre en pièces très lentement. Le Président avait hurlé face à la mutinerie mais n'avait pas pu se dégager. Il s'était effondré sous le poids de la masse grouillante qui s'était abattue sur lui. Les bestioles l'avaient maintenue sous leur emprise et l'avaient émietté consciencieusement en prenant bien soin de ne toucher aucune partie vitale dans un premier temps pour permettre à cette proie de choix de souffrir à chaque coup de mandibule. Après une lente agonie opérée de façon méthodique et collective, le chef des cafards avait asséné au Président le coup de grâce. Nirré avait alors eu la sensation qu'une force terrible venait de terrasser une puissance qui n'avait jusqu'alors jamais trouvé de rival à sa taille. L'observation impuissante de cette boucherie permanente l'épuisait et nuisait à ses communications. Aussi, poussé par son entourage qui craignait qu'après le banian, Nirré ne disparaisse à son tour, il avait décidé de se retirer quelques temps, laissant le soin à d'autre que lui de poursuivre la diffusion à grande échelle de ses messages apaisants.

Et alors qu'il ne restait plus qu'une poignée de cafards belliqueux à force de reconversions, la fin du conflit disparut définitivement lorsque les cafards se mirent de nouveau à s'attaquer à tout ce qui passait à porter de leurs mandibules. Ultime surprise du professeur Lefabre, les puces avaient été programmées pour qu'elles se réinitialisent automatiquement au bout de quelques jours en cas de piratage et appliquent à nouveau leur programme initial. Les forces de résistance, auxquelles s'étaient joints de nombreux cafards repentis, furent alors rapidement décimées et une armée de cafards déterminés afflua bientôt autour de Nirré.

La dernière pensée du vieux hêtre fut pleine de regret et d'amertume : « Je me suis trompé mais vous aussi vous faites fausse route. Ça ne vous mènera nulle part de manger les pissenlits par la racine. »

Epilogue

Sylvio, à peine enraciné dans sa nouvelle condition d'homme-arbre avait voyagé dans les pensées de Nirré. L'espace d'un instant, il s'était laissé absorber par la projection du hêtre. Leurs pensées n'avaient fait qu'une. Ou plutôt, la pensée de Nirré s'était insinuée dans l'esprit de Sylvio. À présent son esprit germait à nouveau. Leur terrible échec s'étiolait et un nouvel espoir se révélait à lui. Il n'avait pas rêvé, il avait bel et bien vécu pleinement la terrible vision de son ami hêtre. Mais cette hypothèse n'était qu'une réalité parmi tant d'autres. Sylvio se souvenait de leur dernier échange avant que tout ne bascule. Il se souvenait de la révélation qu'il avait eue en découvrant l'existence de son ami arbre-homme et en acceptant sa nouvelle condition. Ils s'étaient alors demandé d'une seule pensée si d'autres individus de leur espèce vivaient comme eux, discrètement, quelque part ? Le scénario que lui avait offert Nirré n'était pas une fatalité. À moins que la vie ne soit qu'un éternel recommencement ? À moins que l'existence ne suive un parcours cyclique dont rien ni personne ne puisse sortir ? L'univers lui apparut alors dans toute son infinie beauté. Sans cesse se créant, se détruisant et se créant encore. Avec ou sans Nirré, tout lui semblait maintenant possible. L'essentiel lui semblait être de vivre ici et maintenant. De partager son amour avec tout ce qui l'entourait. Il s'endormit sur cette dernière idée et cette nuit-là il conçut le monde comme un immense maillage sans fin dont les connexions se dispersaient au gré de la joie et des peines partagées au fil des nœuds qui le composaient.

À son réveil, Sylvio était tout à fait arbre. Son feuillage captait inconsciemment les rayons du soleil et ses cellules absorbaient machinalement l'oxygène de l'air. Ses racines profondément ancrées dans le sol puisaient naturellement les éléments dont il avait besoin. Ici. Maintenant.

HASARDS DU CŒUR ET DERIVES DE L'ESPRIT

Cela faisait des semaines, des mois peut-être, qu'elle l'attendait son Marin, Mathilde.

Mathilde attendait Marin, mais Marin n'était pas là. S'il avait été là, Mathilde se serait jetée dans ses bras. Ses bras fins et forts à la fois, elle fermait les yeux et elle les voyait comme je vous vois. Elle se souvenait de la caresse de ses mains sur ses joues. Parfois, une trace de parfum épicé lui revenait en mémoire et elle sentait son corps décoller, emporté par le tourbillon de ces danses qu'ils aimaient tant partager. S'il avait été là, Marin aurait pu emmener Mathilde écouter le vent dans les pins. Ou peut-être auraient-ils assisté à une représentation du Sacre du Printemps qu'ils aimaient tant. C'est sûr, ils auraient partagé de bons moments s'il avait été là, Marin. Mais Marin n'était pas là et Mathilde l'attendait depuis longtemps déjà.

Au début, elle avait attendu patiemment, sans lui en vouloir et sans l'attendre vraiment. Elle se tenait toujours prête, au cas où il arriverait. Cela ne lui demandait aucun effort, juste le plaisir d'être là pour lui et de savoir qu'il serait là pour elle. Mais Marin se faisait attendre de plus en plus souvent, cela devenait une habitude. Marin était de plus en plus souvent absent, cela devenait inquiétant. Avant, sa présence ensoleillait les journées de Mathilde. À présent, son absence lui laissait un goût de novembre.

Malgré tout, Mathilde attendait. Mathilde attendait gentiment, mais au bout de quelques temps, elle avait commencé à attendre impatiemment, frustrée. S'il avait été là, elle l'aurait bousculé, engueulé sans doute, giflé peut-être même, pour l'avoir fait attendre si longtemps. Mais Marin était absent. Alors, pour passer le temps, Mathilde imaginait ce qu'elle pourrait lui préparer comme bons petits plats pour fêter leurs retrouvailles et elle arrangeait la maison pour qu'ils soient heureux tous les deux de vivre dans leur petit appartement. Marin revenait enfin et elle se jetait dans ses bras, sans rien lui reprocher. Marin l'embrassait et ils faisaient l'amour, puis mangeaient froid. Pendant des années, cette douce routine les berça. Elle aimait Marin et Marin l'aimait. Il revenait toujours avec une gentille attention, des cadeaux faciles mais qui faisaient fondre le cœur de Mathilde. Elle les aimait tant ses bouquets de renoncules, ses ganaches savoureuses, ses livres délicatement reliés. Mais un jour, Marin oublia ses petits présents. Mathilde continuait à attendre Marin et à lui sauter au cou, mais Marin devenait moins ardent. Il mangeait chaud puis s'endormait avant de se coucher. Elle avait beau essayer de le raviver, Marin s'éteignait.

Alors, Marin commença à manquer à Mathilde, même quand il était là. Elle se mit à l'attendre avec une impatience et une frustration redoublées. Malgré tout, elle gardait espoir, persuadée que Marin reviendrait. Elle lui écrivait, composait pour lui des chansons, des poèmes et les lui offrait, joliment pliés, ou lui déclamait ses vers avec la fougue chevaleresque d'une amante passionnée. Marin souriait, remerciait, semblait apprécier, mais la légère lueur qui animait alors son regard pâlissait instantanément. Son visage s'assombrissait alors et Mathilde le perdait encore. Parfois, elle parvenait à revivre des semblants d'extases, mais Marin n'en redemandait plus. Marin n'était plus jamais là finalement. Tout simplement. Il délaissait Mathilde. Alors Mathilde pleurait. Son cœur se flétrissait et l'absence de Marin la remplissait de tristesse à en étouffer. Le pire sans doute était de le voir disparaitre et de sentir grandir en elle le doute. Doute que Marin reviendrait un jour ou plutôt certitude qu'il ne reviendrait plus.

Et si Marin ne l'aimait plus ? Depuis quand Marin ne l'aimait-t-il plus ? Mathilde n'arrivait pas à saisir quand leur histoire avait basculé. Consciente ou pas que cette nostalgie était en train de la ronger, Mathilde commença à ne plus attendre Marin. Marin rentrait, Mathilde était là mais ne l'attendait plus vraiment. Ils partageaient encore leurs repas, elle s'endormait toujours dans ses bras, mais la tendresse et l'affection qu'ils avaient tant aimées les avaient quittés. Marin restait planté là, mais Mathilde ne lui en voulait pas. Marin avait disparu mais Mathilde ne lui en voulait plus. Bien sûr, elle gardait une pointe d'envie au fond d'elle. Une pincée de foi au fond du cœur. Une boule mélancolique continuait d'occuper une partie de son ventre. Mais Marin ne ressentait pas tout cela. Marin ne ressentait plus rien peut-être. Quand avait-il cessé de l'aimer ? Elle ne savait pas. Quand avait-elle commencé à l'oublier ? Elle ne savait plus.

Un jour, Marin revint, alors que Mathilde ne l'attendait plus. Mathilde demanda à Marin où il était parti. Marin lui répondit qu'il était resté là. Elle n'en revenait pas. Il ne rêvait plus. Lui, si léger autrefois, il ne s'envolait plus. Il commençait à ressembler à ces vieux blocs de granit qui n'en finissent pas de s'effriter. Mathilde essayait de ne pas trop y prêter attention et elle lui dit simplement qu'elle l'avait attendu. Elle demanda aussi à Marin s'il s'en était aperçu, s'il reconnaissait qu'il n'était plus là, s'il l'aimait encore ou pas. Marin acquiesça. Bien sûr il l'avait reconnu, mais il était incapable de dire si Mathilde ne lui plaisait plus. Alors Mathilde avait cessé d'aimer Marin. Mathilde avait cessé d'attendre Marin et Marin avait continué de s'étioler. Mathilde s'en voulait de ne pouvoir mieux soutenir Marin. Mathilde pleurait de reconnaitre que son amour n'était pas assez fort pour deux. Mathilde cessa d'attendre Marin et elle accepta que Marin ne soit plus là.

Les pétales de Marin tombaient un à un. Bouquet flétri. Manque d'eau, manque d'Amour. Tant pis pour lui se disait Mathilde, tant pis pour moi. Enfin, sa tristesse la quittait parfois et sa corolle à elle s'embellissait alors. Marin s'empoussiérait, Mathilde s'enluminait. Mathilde chantait, dansait, plantait des arbres, explorait des forêts. Pendant ce temps, le vent soufflait sur les cendres de Marin. Marin s'entassait dans des petits recoins. Mathilde le ramassait et le remettait droit quelque fois, mais bientôt elle l'oublia et continua de danser dans les bois.

Au détour d'un sentier, un matin brumeux, elle tomba nez à nez avec un cerf, majestueux. Leur sang ne fit qu'un tour et leurs regards stupéfaits se croisèrent l'espace d'un instant, fulgurant. Leurs âmes se reconnurent instantanément et s'envolèrent dans une longue et voluptueuse transe dont ils crurent bien ne jamais revenir. Leurs corps restaient figés au milieu du chemin tandis qu'ils voyageaient dans une humeur éthérée, portés par des flots argentés. Mathilde n'en croyait pas ses yeux. La présence du cerf la rassurait. Ils flottaient au dessus de prairies soyeuses, longeaient des cours d'eau onctueux, dévalaient des pentes douces. Ils déambulèrent un moment dans un jardin dont ils se régalèrent des fruits qui poussaient là, abondants. Mathilde ne cessait de s'étonner à chaque fois qu'elle croquait dans ce que lui présentait son compagnon. Les textures explosaient dans sa bouche, se répandant en échos multicolores qui projetaient des images chaleureuses sur son palais. Mathilde aurait bien tout goûté mais le cerf l'invita à poursuivre leur visite de cet étonnant univers. Ils vagabondèrent un moment encore avant de faire halte à l'ombre d'un arbre enraciné dans un ciel étincelant d'éclats chantants. Mathilde, submergée par cette balade pétillante, avait du mal à se concentrer sur ce que lui disait le cerf.

Le cerf ne parlait pas bien entendu, mais Mathilde le comprenait, curieusement, et il lui semblait que leurs conversations poursuivaient de vieilles paroles qu'ils avaient échangées il y a bien longtemps déjà. Mathilde ne voyait pas le temps passer. Le temps existait-il d'ailleurs là où ils se trouvaient ? Le cerf ne répondait pas à ces questions mais ne se gênait pas pour en poser à Mathilde ! Et lorsqu'il lui demanda si Marin lui manquait, elle se sentie happée. Elle eut la sensation de revivre le trajet aller en marche arrière à la vitesse du son. Tout deux furent projetés à leur point de départ, comme si de rien n'était ! À un détail près, à leur retour, les feuillages s'empourpraient des dernières lueurs du jour. Etait-ce cependant le même jour encore ? Ils n'auraient su le dire. Toujours est-il qu'ils réintégrèrent leurs enveloppes de chair dans un brutal frisson. Le cerf poussa un long brame caverneux, rejetant en arrière ses bois imposants. Mathilde était étendue sur le sol au pied de l'animal et se releva avec peine. Elle caressa le mufle humide de la bête qui inclina la tête comme pour la saluer avant de s'enfoncer dans la pénombre de la forêt.

Mathilde resta un long moment sans bouger, abasourdie. Puis, recouvrant tout à fait ses esprits, elle reprit sa marche, tout en constatant qu'elle était un peu secouée ! En retournant chez elle, Mathilde se demanda si elle n'avait pas rêvé. Tout avait semblé si soudain. Elle avait pourtant emprunté si souvent ce chemin. Elle n'avait jamais trouvé le coin si dense. Elle devait pourtant se rendre à l'évidence, elle venait de vivre une expérience dont elle n'aurait jamais pu auparavant soupçonner l'existence. Tout s'était passé si vite, et pourtant ce voyage lui avait paru si long. Combien de temps son absence avait-elle duré ? Que retiendrait-elle de cette inattendue rencontre, de cet étrange voyage ? Ces sensations qu'elle n'avait jamais éprouvées auparavant ? Ces saveurs qu'elle n'avait jamais goûtées ? Ces images qu'elle garderait à jamais gravées dans sa mémoire peut-être ? Ou, finalement, seulement cette dilatation du temps qui lui avait permis de percevoir que son monde pouvait côtoyer d'autres dimensions ?

Mathilde en était là de ses réflexions lorsqu'elle arriva à son appartement. Une jeune femme l'attendait sur le pas de la porte et lui dit :

- Bonjour Madame, je vous attendais ! Myrtille Pilard, mandataire judiciaire de la protection des majeurs, vous permettez que j'entre un moment ?

Mathilde approuva d'un geste, non sans offrir à la visiteuse un regard interrogateur. Puis, les deux femmes s'installèrent à la table de la cuisine et Myrtille reprit :

- J'ai été désignée pour vous accompagner à l'établissement Les Myosotis, spécialisé dans l'accueil des personnes atteintes de maladie d'Alzheimer. Votre mari vous y attend. Sans nouvelles de votre part depuis plusieurs jours, il a alerté la gendarmerie, mais lorsque les gendarmes sont venus l'interroger, il ne se souvenait plus de les avoir appelés. Et lorsqu'ils lui ont demandé quand il vous avait vu pour la dernière fois et comment vous étiez habillée, etc., il leur a demandé de qui ils parlaient ! Vous a-t-il semblé avoir des absences ces derniers temps ? Avez-vous remarqué...

Mathilde n'écoutait plus. Elle vagabondait dans les bois, chevauchant un cerf superbe au galop. Les battements du cœur de l'animal résonnaient sous ses cuisses. Le souffle chaud de la bête faisait échapper de petits nuages par les trous de son museau. La forêt défilait. Mathilde se souvenait de cette incroyable expérience. Ces souvenirs défilaient. Filaient. S'effilochaient.

- Madame ? Vous m'écoutez ?

Le regard de Mathilde était vide. Ces souvenirs s'écaillaient. Des bribes, des sons, des textures lui revenaient. La fourrure épaisse de l'animal, les cheveux en bataille de Marin, la douceur sucrée des myrtilles...

- Madame ? Vous m'entendez ?

Un air malicieux passa furtivement sur le visage de Mathilde et elle répondit :

- Vous aimez les balades en forêt ?

DECOLLAGE	9
CHASSEZ LE NATUREL	19
MUTATIONS	33
A FLEUR DE PEAU	55
RACINES	83
HASARDS DU CŒUR ET DERIVES DE L'ESPRIT	133

Ouvrage imprimé
par Benoît Houssier - l'Énergie de la plume
Éditeur : BoD-Books on Demand,
12/14 rond point des Champs Élysées, 75008 Paris, France
Impression : BoD-Books on Demand, Norderstedt, Allemagne
ISBN : 978-2-322-10014-9
Dépôt légal : décembre 2017